「おかわりもあるので言ってください」
「……んー！」
「ちーちゃんは本当にハンバーグ好きだなー」
JN018970

「ここがちょうど見頃だって聞いてな」

「わぁ……きれい」

「これは……凄いですね」

辺り一面には満開の桜。

こんなに綺麗な桜を見るのは
久しぶりかもしれない。

CONTENTS

ダッシュエックス文庫

進路希望調査に『主夫希望』と書いたら、担任のバツイチ子持ち教師に拾われた件

yui/サウスのサウス

1　進路希望から始まる愛

「巽《たつみ》……お前、これ本気か？」

放課後。

目の前には、俺こと巽健斗《けんと》の担任教師が座っている。

長い黒髪が綺麗なスタイル抜群の絶世の美女。少しだけ性格が男らしい（オブラートに包むと）以外に欠点らしい欠点のないまさに最高の女性で、この高校において、絶大な人気を誇る教師だ。

まあ、女子、男子の過激なファンや、下心丸出しで迫る男を軽くあしらえてることから、俺はそれだけの人じゃないと思ってるけどね。

そんな彼女に対して、俺は真面目《まじめ》な表情で頷《うなず》いた。

「冗談では書いてません。本気です」

「……お前、高三にもなって進路希望調査に『主夫』って書いてきた奴はじめてだぞ？」

先生は、ヒラヒラと進路希望調査の紙を見せつける。

そこには俺の字で第三希望まで『主夫』と書かれていた。

「昔からの夢なんですよ」

「ほう……？」

「本当は第二希望に『父親』と書こうかと思ったんですが……とりあえず『主夫』で統一しました」

「……で？　肝心の相手はいるのか？」

「これから探します」

「つまり、ふざけてるんだな」

ボキリボキリと拳《こぶし》を鳴らす先生。ヤバい、目が本気だ。

「こ、これから俺を永久就職させてくれる人を探すんです！」

「そんな都合のいい奴いるわけないだろ。容姿、学力、運動能力、全てが平均値、特筆すべき項目が微塵《みじん》もない、そんな奴拾う女がいるとはとても思えんな」

割と容赦のない言葉にショックを受けながらも、俺はなんとか反論する。

「りょ、料理とかできますし！　なんなら家事は一通りこなせます！　あと、子供好きで、一途《いちず》です！」

「……料理だと？　お前がか？」

「はい。あ、ちょっと待っててください……」

俺は鞄から弁当箱を取り出して蓋《ふた》を開けた。

中身は夜のバイトの前の腹ごしらえのために作ったもので、昨晩の残り物の煮物などを中心に詰めた簡単なものだ。

それを見た先生は、怪訝《けげん》な顔になる。

「これ……お前が作ったのか？」

「ええ。家での料理は、俺が全部やってるので」

「……見た目は、悪くないな」

「よかったら、一口食べます？」

「あ、ああ……」

恐る恐る、先生は煮物を指でつまんで口に運んだ。

味わうようにじっくりと噛んでから飲み込んで……呟《つぶや》いた。

「うまい……」

「そうですか？　よかったぁ」

いつもは男友達にしか食べてもらう機会がないので、女性からの初めての感想が好評のようでホッとした。

しかしそんな俺に対して先生は何やら難しい表情で悩んでから……

「性格も確かに大人しいし、何より料理が出来る。浮気もしないで子供好きなら……よし！」

「あの……先生？」

「巽。お前年上はイケるか？」

「はい？　いきなり何を……」

「いいから答えろ」

何やら真剣な表情の先生。

俺はそれに気圧《けお》され、黙って頷く。

「だ、大丈夫ですが……」

「バツイチで、子持ちでもか？」

「ええ。子供大好きですし、何より好きになればそこは関係ないです」

「仕事が趣味で家は丸投げでもか？」

「そういう人のために俺は主夫になりたいんですよ」

「そうか……」

一体どうしたのだろうと思っていると、先生は進路希望の紙を手にとってからニヤリと笑って言った。

「よかったな。巽。お前を募集しているところが一つあるぞ」

「本当ですか！　なら是非！」

「そうか……ならお前は私の旦那になるといい」

「へ……?」

ポカーンとしている俺に先生は男前な笑顔で言った。

「巽健斗……お前を、私、黒羽遥香《くろばねはるか》が養ってやると言ってるんだよ。私の旦那になりな」

それが俺、巽健斗と黒羽遥香の関係を変化させるきっかけとなる出来事だった。

そして、この逆プロポーズまがいのセリフに、恋愛偏差値が低い俺がときめいてしまったのは仕方ないだろう。

その時の先生の笑顔にきっと一目惚れしたのだろうと、後に思う。

Character design introduction

◆巽健斗（たつみ けんと）

主夫になりたい高校三年生。
家事万能で面倒見がいい
しっかり者。

Character design introduction

◆黒羽遥香（くろばね　はるか）

健斗が通う高校の担任教師。
さっぱりした性格の美人で、
生徒から慕われている。

2 恋愛相談

「ねぇ、雅人《まさと》。年上の女性との付き合い方のコツってある？」

お昼休み、涼しい風が吹く人気《ひとけ》のない体育館横で、お弁当を食べながら俺は親友にそんな質問をする。

すると、目の前の親友は、俺の弁当箱から奪っていった卵焼きを一口食べてから怪訝《けげん》な表情で聞いてきた。

「それはどういう意味の質問だ？」

「どうってそのまんまの意味だよ。雅人の彼女も年上だったよね？」

俺の知ってる中で一番恋愛経験が豊富で、なおかつ相談しやすい人物である親友の中条《なかじょう》雅人は俺の質問にしばらく考えてから聞いてきた。

「そういえば、お前昨日はどうだったんだよ」

「どうって？」

「黒羽《くろばね》ティーチャーに放課後呼ばれてただろ？　大方あの酷《ひど》い進路希望を出したからなんだろ

うが……今の質問。それと関係あるのか？」

ギクリと鋭い親友に思わず冷や汗が出る。

なんなのこの鋭さ……これがイケメンの力なのかと内心畏怖《いふ》を抱く俺に、親友はしばらく俺を見てから……ため息をついて答えた。

「年上っていってもな。場合によるだろ」

「だよね……」

「ちなみに俺は今、年下と付き合ってるから」

「あれ？　別れたの？」

「まあな。相手にとっては遊びだったらしい。あいつ他に彼氏いたのに俺に告白してきたんだと」

若干《じやつかん》イラつきながら自販機で買った苺《いちご》ミルクを飲む親友。

イケメンな親友はかなりモテるらしく、今まで何人もの美少女と付き合ってきたが……俺が知る限りにおいて短いと一週間、長くても半年という記録がせいぜいだ。

まあ、顔はいいし性格もいいからモテるのはわかるが、何故《なぜ》続かないのかは色々疑問だが……そんなことなど口にせずに俺は言った。

「えっと、めちゃくちゃ美人で男前なんだけど……」

「ほう、まるで黒羽みたいだな」

「……こ、子供がいるらしい」

「ほうほう。黒羽も確か子持ちだったな」

「……あのー、もしかしなくてもバレてる?」

「その様子じゃマジみたいだな」

チラリと周りを見てから雅人は小声で言った。

「安心しろ。バレると色々面倒だし、お前が黒羽と付き合っていることは内緒にするから」

……思いっきりバレてるぅ!

なんでイケメンてこんなに頭の回転が速いのかなぁ……と、思いつつ、俺は簡単にだけど、先生との経緯《いきさつ》を話した。

まあ、雅人なら、長い付き合いだけあって、俺が本当に隠したいことなら絶対他人に言わないという確信があるし……それに、たまには、頼らないと拗《す》ねそうだしね。

「しかしお前が黒羽となぁ……黒羽って美人だし娘もかなり可愛いらしいから狙ってるやつ多いみたいだぜ」

「あ、やっぱり人気なの?」

「まあ、性格が少し男前すぎるが……子持ちでそれなら逆にプラスだろうしな。カッコよさ的なものがあるからな」

「あのー……雅人さん雅人さん。もしかして雅人的にも先生はオーケーな感じなの?」

少し不安になって聞くと、親友は笑いながら答えた。

「心配しなくても黒羽は好みじゃないっての。それに……親友の彼女寝取る趣味はない」

その返事に少しほっとしていると、雅人は「にしても……」と、呆《あき》れたように言った。

「お前、本当にあの進路希望出したのな」

「そりゃ、そうだよ。昔からの夢だしね」

「ヒモでも意味的には通用しそうだがな」

「全然違うっての」

失礼しちゃうな。

「ヒモと違って、主夫は本気で家を守る存在だからね」

「ふーん、そういやいつから進路希望にそう書くようになったんだっけな」

「確か……中学に入ってからかな」

この手の話をすると、どうしたって頭をよぎることがある。

それは、病室で微笑む母さんの姿。

だが、それを思い出すことはせずに、俺は無難な返答をする。

「たまたま、本屋で見かけた雑誌に書いてあって、憧《あこが》れたんだよ」

「どこに？」

「仕事が楽しいと思える女性の手助けと、大切な家族を陰からでも支えられるその生き方に……とてつもなく惹《ひ》かれたんだ」

仕事をして、お金を稼《かせ》ぐことは大切だ。

中には仕事に生きがいや楽しさを感じて、没頭する人もいる。

それはいいことである反面、行き過ぎると、食事や家事がおざなりになって次第に日々の生活が荒れてしまうことだってある。そうなってしまうと、身体を壊して取り返しのつかないことになる人だって、中にはいるだろう。

「一生懸命頑張って仕事を楽しむ人の手助けがしたいんだ」

拗《こじ》らせていると言われても仕方ないかもしれないが、それが俺の望みなのだ。

「ふーん。ま、お前らしいけどな。なら、黒羽は条件ピッタリかもな。子持ちだけど」

「そこがいいんだよ」

早くに子持ちになれるなんて幸せすぎる。

子供は宝だしね。

だから、俺にとって子持ちというのはむしろプラスの要素なのだ。

俺のその言葉に雅人は「ふーん……」と、納得したように呟《つぶや》いてから、また俺の弁当からおかずを略奪する。

そんな親友の普段通りの態度に少しだけ安心してから、俺は昨日の先生とのやり取りを思い出すのだった。

※　※　※

「俺が先生の旦那に？」

そう聞くと先生はニヤリと笑って答えた。

「こんなバカみたいな進路希望を出してきたから、どう説教するか考えてたんだが……お前の家庭的スキルと誠実さを買ってやることにした」

「はぁ……」

「あ、だが、他の奴には言うなよ。バレると色々面倒だからな」

それはまあ、俺だってそう思うけど……。

「あと一応お前の両親にはそのうちに挨拶《あいさつ》に行かなきゃいけないんだが……その前にクリアしなきゃならない問題がある」

「それは？」

グッと押し黙ってから先生は、少し気まずそうに視線を逸《そ》らして答えた。

「……娘だよ」

「娘さんがどうしたんですか？」

「うちの娘は今年で四歳になるんだが……どうにも人見知りが酷くてな」

「内向的な性格なんですか?」

「まあな。色々事情があって、娘は同年代ならともかく大人の……それも男が大の苦手なんだ」

男が苦手で何やら訳ありか……この言い方だと多分聞いても答えては貰えなさそうだけど……でも、一つだけ。

「先生はその子のこと、愛してますか?」

「ん? 当然だろ。そんな当たり前のこと聞くなっての」

「ですね、すみません」

俺の中で先生への好感度が一気に上がった。

子供が好きだと間髪《かんはつ》入れずに言えるのは本当に素敵だと思う。

「だからまずは、それをなんとかするのと……あとは娘がお前を新しい父親と認めるかどうかをどうにかしないとならない」

「なるほど……」

大人の男が苦手な幼女に認めて貰うか……えらいハードル高いけど、でも……。

俺はしばらく考えてから先生に笑顔で言った。

「わかりました。じゃあ、まずは先生の自宅に通うことから始めますね」

「……は?」

俺の台詞《せりふ》にポカンとなる先生。

唐突に思えるかもだけど、まずは通って様子見が一番だろう。

それに……図らずも気になる女性の好感度を上げておきたいという気持ちも、少なからずあった。

そんな先生に構わず俺は続ける。

「とりあえずこれから毎日行くとして……先生の娘さんの保育園への送り迎えも俺がやりますね」

「は？　いや、助かるが……お前かなり大変だぞ？　バイトとか部活の時間もなくなるし、友人ともあまり遊べなくなるぞ？」

「いいですよ。バイトも親に負担かけないで俺が自由に使えるお金を作りたくてやってることだし、部活は幽霊部員だから問題ないですし、友人は……皆彼女との時間ばっかりなんでその……」

「すまないことを聞いたな……」

哀《あわ》れみの視線を向けてくる先生。

やめて！　そんな悲しい目で見ないで！

皆が青春してる中、俺だけやることなかったのが寂《さび》しいわけじゃないから！　と、そんなことを思いつつも俺はこほんと話をすり替えるように咳払《せきばら》いしてから言った。

「とにかく……俺はしばらくは先生の家に家政夫として通いますのでお願いします。あと、保育園の先生と娘さんには明日にでも俺のことを説明をお願いします」

「男子高校生が通い妻かぁ……」

おっさんくさいことを言う先生。

先生の感性がときどきわからなくなるけど……まあ、これくらいユーモラスな人の方がいいのだろう。

というか、俺この人が学校の先生だというのを忘れてしまっているが……もしかして今とんでもないことが起きているのでは？　と俺は遅まきながら思うのだった。

3　娘さんを娘にください！

　翌日の放課後。

　俺はバイトを休み、普段より早めに仕事を切り上げた先生と保育園の前へと来ていた。

　服装は制服のままだ。

　本来なら私服に着替えた方が、変に勘繰られなくて都合がいいんだろうが……さすがに毎日迎えに来るとなると制服の方が楽なのでそのままでいる。

　まあ、対外的には俺は先生の親戚の子供で、先生の部屋にご厄介になる代わりに娘さんの送り迎えをするということになったのだが……娘さんとの口裏合わせなどでボロが出る確率も高いのでその時はその時と諦《あきら》めている。

　最悪俺は中退して先生の主夫になれればいいとも思うが、やっぱり一応は高卒にしておいたほうがいいという思いもあるので複雑なところだ。

「『高校くらいは出ときなさいよ』……だったかな」

「ん？　何か言ったか？」

「いえ、独り言です」

まあ、それ以前の問題として俺は娘さんに気に入られないといけないという前提条件があるわけだが……

「先生、あの……」

「巽《たつみ》、学校の外では私のことを先生と呼ぶな。名前で呼べ」

「じゃあ、先生も俺のこと、下の名前で読んでくれませんか?」

するとと先生はため息をつきながら頷《うなず》いた。

「わかったよ、健斗《けんと》」

「はい。遥香《はるか》さん」

俺がそう呼ぶと、先生は少し照れくさそうに視線を逸《そ》らした。

なんだかその反応が可愛いと思いつつも、俺と先生はそのまま保育園に着くとまず最初に保育園の先生方に挨拶《あいさつ》をすることにした。

近頃は何かと物騒なので制服を着た高校生が迎えに来るといきなり言われても、保育園の先生方は大変かな、とも思ったが先生が説明すると案外あっさりと納得してくれた。

授業でも思ったことだが先生は人に何かを伝えるのが凄《すご》く上手で、根っからの教師なんだろうなと思った。

「それにしても……千鶴《ちづる》ちゃんがよく同居を認めましたね」

先生の娘さんの保育園の先生が、少し驚いたようにそう言った。

千鶴ちゃんって……先生の娘さんの名前かな？

「いやー……実はまだあの子には話してなくて。少しお騒がせするかもしれませんがすみません」

どうやら正解みたいだ。なるほど娘さんの名前は千鶴ちゃん……黒羽《くろばね》千鶴か。

果たしてどんな子なのか。

先生の説明だと大人が苦手な控えめな女の子って感じだけど、先生の娘さんと考えるともう少し強めな感じなのだろうか？

「千鶴ちゃーん。お迎えが来たよー！」

そんな風に考えているといつの間にか千鶴ちゃんのクラスに着いたようで、保育園の先生が千鶴ちゃんを呼びに中へ入った。

その隙《すき》に先生は俺にこっそりと声をかけた。

「……一応言っておくが、くれぐれも娘に手を出すなよ」

「当たり前ですよ。俺を何だと思ってるんですか？」

「進路希望調査に主夫なんて書く変わり者だろ？」

それはそうだけど……信用ないなぁ……。

まあ、これくらい子供を大切に思う方が俺好みだけどね。

そんな風に話していると、保育園の先生に引き連れられて女の子がこちらに歩いてきた。

長めの黒い髪につりがちな目の強気な印象の先生とは対極な、全体的におっとりとした佇《たたず》まいの女の子だ。そして先生を見つけてからの輝く笑顔——が、隣の俺を見たとたんに凍る。

まあ、母親の隣に見知らぬ男がいればそうなるだろうと思っていると、その子……千鶴ちゃんは目尻に涙を浮かべながら勢いよく先生に抱きついてから俺から隠れるようにして先生に聞いた。

「だ……だれ？」

「ちーちゃんおかえり。えっとな……ちょっと色々あって、この人はしばらくちーちゃんのお迎えをすることになった健斗だ」

紹介されたので、俺は千鶴ちゃんに目線を合わせてからなるべく穏やかな声で言った。

「巽健斗って言います。千鶴ちゃん、でいいんだよね？」

「…………」

ガクガクぶるぶる……めちゃくちゃ怯《おび》えられてる。

なんだろ……こんな可愛い子にこういう反応されるのは、なかなか辛《つら》いものがある。

俺はくじけそうになる心をなんとか奮《ふる》い立たせて千鶴ちゃんに声をかけようとして——途中で言葉が出せなくなった。

千鶴ちゃんの目にあるのは明確なる恐怖。トラウマ。

これが敵意とか憎悪とかなら、まだ幾分か楽なのだろうが……千鶴ちゃんは俺を見て悲愴な表情を浮かべていたのだ。

一体何をどうすれば、見知らぬ他人に対してこれほどの恐怖を抱くようになってしまうのか。

俺はなんとなく千鶴ちゃんにこんな顔をさせている自分に頭にきながらゆっくりと——怯える千鶴ちゃんの頭を撫《な》でて言った。


「大丈夫……俺は千鶴ちゃんの味方だよ」

「…………あ、う……」

「俺は千鶴ちゃんにもお母さんにも何もしない。だから……笑ってほしいな」


そう言うと千鶴ちゃんは目を丸くしてから……ゆっくりと不器用ながら笑みを浮かべた。

今はこれが限界か……仕方ない。

なら俺は、この子に無邪気に笑ってもらえるように頑張らないとな。

この日がきっと……俺と先生、そして千鶴ちゃんが初めて不器用に歩み寄った日なのだろうと後に思う。

Character design introduction

◆**黒羽千鶴**(くろばね　ちづる)

遥香の娘で、人見知りな性格。
ハンバーグが大好物で、
野菜はまだまだ苦手。

Character design introduction

4　ちょろインじゃないから

その後、千鶴《ちづる》ちゃんは俺を若干《じゃっかん》怖がりつつもなんとか笑みを浮かべてくれていた。

その不器用な笑顔を見るたびに、俺の心は締め付けられるような痛みを覚えてしまうが……

「たつ……健斗《けんと》。ぼーっとして、どうした？」

「いえ、ちょっと夕飯をどうするか考えていたところです」

「お、本当に作ってくれるんだな」

「当たり前です。せんせ……遥香《はるか》さんは何か食べたいものありますか？」

そう聞くと、先生はしばらく考えてから嬉しそうな笑みで言った。

「肉だな！　とりあえず肉が食べたい！」

「そ、そうですか……えっと、千鶴ちゃんは何か食べたいものある？」

先生があまりにもらしい答えを口にするものだから、俺もそれで肩の力が抜けて自然とそう千鶴ちゃんに聞けていた。

千鶴ちゃんは俺の質問にびくん！　と体を震わせてから、ポツリと呟《つぶや》いた。

「ちーは……ママとおんなじがいい」

どうやら一人称は『ちー』らしい。

千鶴だから、ちーなのかな？　というか、この男前な先生からこんなにおとなしい子が生まれたこと自体が疑問ではあるが……あまり余計なことを考えると先生が察しそうなので、深くは考えずに俺は苦笑気味に答えた。

「わかったよ。ちなみに苦手なものってある？」

「……ない」

目線を逸《そ》らす千鶴ちゃん。

うーん……これはどうなんだろ？　あるけど隠したいのか、それともただ俺が怖いだけなのか。

後者な気はするが、念のため先生に視線を向けると先生はとくに気にせずに答えた。

「ちーちゃんは野菜全般苦手だよな」

「ほほう。ちなみにお母さんの方はどうなんです？」

「無論、野菜全般だよ」

似てないと思ったらまるっきり似た者親子だった。

社会人でも野菜が苦手な人っているんだなぁ……って、あれ？　でも待てよ……

「遥香さん、一昨日俺が作った野菜の煮物食べてましたけど、あれはセーフなんですか？」

先日、俺の料理の腕を証明するために見せたお弁当。

そして、先生が食べたのは野菜の煮物だったはずだが……

「ん？　そういやなんでだろうな。正直野菜は苦手なんだが……お前の料理は美味《うま》そうに見えたんだよな」

……天然なのだろうか？　この人。

無自覚にさらりと嬉しいことを言ってくれる。

ぐぬぬ、料理をまともに褒《ほ》められたのなんて、ホントに久しぶりだったから、思わずときめいてしまいそうになる。

いやいや、待て待て。

惚《ほ》れさせたい相手にときめいてどうするよ俺……。

いかん、これはいかんですよ。

なんで俺がこんな口説かれる側の気持ちにならねばならんのだと思って、気持ちを切り替えるために言った。

「と、とりあえず今日は時間も時間なので、スーパーに寄ってから遥香さんの家に行きましょう」

「おう。期待してるよ」

にかっと快活に笑う先生。

なんとなくこの人には敵《かな》わないなぁと思いつつ、俺達は近くのスーパーに向かったのだった。

※　※　※

スーパーで手早く買い物を済ませてから、俺達は先生の家に向かった。

のだが……

「あの……遥香さん？」

「何も言うなよ。私だって好きでこんな惨状にしたわけではないからな」

「そうは言っても……」

先生の家は二人なら十分すぎるほどの広さのマンションで、部屋数も多い。

先ほど、愛用の自転車を置きに来た時は知る由《よし》もなかったが、そんな素敵な場所が狭く感じるほどに生活感溢《あふ》れる様相を呈していた。

端的に言おうか？　うん、ぶっちゃけ部屋が汚い。

ゴミ屋敷とまではいかないが、かなり乱雑に積み上げられた本の山に脱ぎ捨てられた衣服。

ゴミは一応分別してあるが捨てるのが面倒なのか出し忘れのゴミ袋がいくつかある。

幸いなのは台所がほとんど手付かずなため散らかってないのと、洗面所がそれなりに綺麗なのだけだが……うん、先生はどこまでも俺の想像を超えてくれる。

自分と娘の生活スペースはなんとか確保してるところも、俺的にポイントが高かったりする。

こんなにらしい性格だとむしろ愛《いと》しく思えてしまう俺はかなりおかしいのだろうが……これが母性、いや父性なのだろうか？

「とりあえず掃除はあとで簡単にはしますが……台所使わせてもらいますね」

「おう頼んだ。私とちーちゃんは風呂入るから。あ、一応言っとくがちーちゃんもいるから覗《のぞ》くなよ？」

千鶴ちゃんがいなければ覗いてもいいのだろうか？

そんな風に思って口に出しそうになるが、なんとなく恥ずかしくて言えなかった。

先生が千鶴ちゃんを連れて、風呂に向かったのを確認してから、俺はとりあえず軽く台所を使えるようにする。

随分使ってないのか埃《ほこり》が目立つが……カビが生えてたり、台所特有のイニシャルがGの奴の気配はないので一安心。

奴がいると俺も本気で今夜中に掃除を済ませなきゃいけなくなるからね。

とはいえ……

「先生……普段、料理とかしないんだろうな……」

冷蔵庫の中にはお酒と千鶴ちゃん用のジュース、プリンなどのみ。

その他の場所を探しても、買い置きのカップ麺がいくつかとお菓子とおつまみが少々あるくらいだった。

調味料があるのが幸いかな。

さっきゴミ袋をちらっと見た感じだと、おそらく普段はコンビニ弁当とかばっかりで、自分で作ったりしないのだろう。

「持ってきておいてよかった……」

念のため道具を一式持参してきたのは正解だったと思いながら、俺はひとまず調理に取りかかる。

とはいえ、先生がいつお風呂から上がってくるのか予測できないので肉以外の食材から手をつける。

「お……美味そうな匂《にお》いだな」

そうしてひとまず完成したところで、先生の声が聞こえてきてそちらを向いてから――さっと俺は目を逸らした。

「おい、その反応はなんだ」

「せん……遥香さん。お願いですから服を着てください」

バスタオルオンリー姿の先生がそこにはいた。

大変恵まれた山々に、引き締まった体がめっちゃセクシーで、見たのは一瞬だったのに、脳裏から離れなくなりそうだ。

いや、自分の家なんだから本来であればどんな格好でもとやかく言うつもりはない。ないが……

「俺も一応男なので……出来れば警戒してください」

「お？　なんだ照れてるのか？」

「ええ。女性の裸を見慣れてないもので。誘惑されたら耐えられる自信がありません」

「いや、誘惑するつもりはまるでなかったんだが……下着の洗ったやつをどこにしまったか忘れてな」

「それならおそらく洗面所ですよ。さっき見かけました」

コインランドリーで洗ったのか、いくつかの袋に乱雑に入れられていた。

すると先生は驚いた表情を浮かべてから笑みを浮かべて聞いてきた。

「そうか。ありがとう。それで……私の下着はどうだった？」

「大変色っぽい下着でした」

そうか。と先生は笑いながら洗面所に戻ったが……何をそんなに笑う要素があっただろうかと首を傾《かし》げながら俺は二人が来るまで待つのであった。

※　※　※

「わぁ……」

ぱぁと顔を輝かせる千鶴ちゃん。

だが、俺の存在を思い出してか、びくっ！　としてから顔を背《そむ》ける。

千鶴ちゃんが顔を輝かせた理由は、俺が作った夕飯に対してだろう思われる。

いや、自分の料理で喜んでいると客観的に見なくてもわかるんだけど、なんか自画自賛みたいで恥ずかしいんだよね。

本日のメニューは肉じゃがに卵焼き、鮭《しゃけ》の塩焼きにご飯、味噌汁とわりと王道メニューで攻めてみた。先生と千鶴ちゃんの好みがわからないので、あまり奇抜なものを出しても反応を確認できない、というのが理由ではあるが……

「肉じゃがとか……お前本当に乙女チックだよな」

「何が言いたいんです？」

「『初めての手料理なら肉じゃが』みたいな発想なんだろ？　まあ普通は逆だが……お前らしくはあるな」

褒められてる気はまったくしないが……間違ってないので否定もできない。

女の子の手作りの肉じゃがに何かしらの意味を求めてしまう、思春期特有の淡い気持ちがなかったかと言えば……そうではないのだが……。

いやー、先生は本当に俺の心を読んだように発言するので侮《あなど》れない。

料理を見ながら感嘆の息を漏《も》らした先生は、しかしそこで違和感に気づいたのかこちらを見て言った。

「どう見ても二人分しかないが……お前の夕飯は？」

「お気になさらず。帰ってから食べますので」

本音を言えば一緒に食べたいところだが……千鶴ちゃんが俺を怖がっている中での食事は流石《さすが》に早いだろうと思っての選択だ。

本当なら千鶴ちゃんと仲良くなるために、もっと積極的に攻めるべきなのだろうけど……千鶴ちゃんの大人を怖がる気持ちには、おそらく何かしらの大きな要因があるのだろう。

それを知ってから、彼女に負担をかけないように、仲良くなる方法を模索するべきだと判断したのだ。

まあ、これはあくまで建前。

本音はこんなに俺を怖がっている千鶴ちゃんに、これ以上負担をかけたくないという思いが強いのだ。

そうして俺は残ってる仕事に取り掛かろうとするが、不意に袖《そで》を引っ張られた。

見ればそこには震えながらも、ぎこちない笑みを浮かべている千鶴ちゃんがいた。

「だいじょうぶ……ちーはだいじょうぶだよ……？」

「千鶴ちゃん……」

「いっしょ……に……」

俺が遠慮したことに気づいてのことだろう。

……なんて優しい子なんだ。

この場合どうするべきなのか非常に悩む。

彼女の気持ちを考えれば、このまま初志を貫《つらぬ》き通すべきなのだろうけど……怖がりながらも彼女が見せた優しさに甘えるべきなのか、難しいところだ。

しばらく俺は迷ってから……視界の外で先生が笑っているのを感じつつ、怯える千鶴ちゃんに目線を合わせて、優しく笑いながら言った。

「ありがとう千鶴ちゃん。一緒に食べてもいいかな?」

「……う、うん」

もう一度感謝の意味をこめて頭を撫《な》でる。

すると最初は俺の手に驚いた様子を見せた千鶴ちゃんだったが、撫でているうちに少しだけ肩の力が抜けるのがわかった。

こんな小さな女の子に背中を押してもらったことに、少なからずため息をつきたくなる気分を払ってから俺は先生を見て言った。

「先に食べててもらってもいいんですが……」

「愚問だな。『食事は皆で仲良く』——保育園児でも知ってることだぞ?」

「さいですか」

俺は急いで自分の鞄から必要なものを取り出して盛り付けることにした。しかし……この親子は本当に強いなと今日改めて思ったのは内緒だ。

※　※　※

「「いただきます（……ま、ます）」」

久しぶりに何人かで同時に合掌《がっしょう》しての食事。

少なからず俺はそれを楽しいと思ったのかもしれない。

これが紙の皿や割り箸《ばし》でなければもっとよかったのかもしれないが……そんな贅沢《ぜいたく》は気にせずに俺は食べる二人の様子を窺《うかが》うことにした。

まず、真っ先に肉じゃがに手をつけた先生。

先生は肉じゃがを頬張《ほおば》ってから、ご飯を豪快に掻《か》き込んでいた。

なんとも豪快な食べ方だが、食事くらい好きにさせたいので俺は黙って見ている。

まあ、それに先生らしいので俺としてはわりと評価の高いポイントだったりする。

次にそれとは対照的に、おっかなびっくり味噌汁を飲んでから熱かったのか「あちっ」と可愛らしく舌を出す千鶴ちゃん。

それでも顔を輝かせて、その後に卵焼きを食べて満足そうに微笑むのを見ているとなんとも幸せになれる。

だがしかし……俺が欲しかったのはその情報ではない。

もちろんリアクションは大切だし、モチベーションの意味では嬉しいが……俺が今必要なのは二人の好みの傾向だ。

今回のメニューは、野菜は少なめで、味噌汁と肉じゃがにしか入れてないが……どの程度なら食べられるのかを試してみたかったのだ。

野菜嫌いにも生でなければ食べられる人と、火を通してもダメな人がいるが、大雑把《おおざっぱ》に感覚をつかみたいのだ。

まあ、他にも味噌汁の濃さや卵焼きの味付けなどの項目があるが……二人の反応は概《おおむ》ね良好と言ってもいいだろう。

「うん！　やっぱりお前の料理は美味いぞ」

「それはどうも……毎日飲みたくなる味噌汁でしたか？」

「おう！」

豪快に逆プロポーズを受ける先生。

あれ？　俺が男だからプロポーズでいいのか？　なんだか先生の前だと俺が女々《めめ》しく感じられてしまうのでわからなくなるが……これはきっと先生が特別なのであって、俺は普通なんだよね？　ね？

「えっと……千鶴ちゃん。どうかな？」

「……！　お、おいしい」

まだまだ壁があるとはいえ、千鶴ちゃんも一応俺と話してくれることに僅《わず》かな感動を覚えてしまう。

いや、この程度で感動していたら埒《らち》があかないだろうが……小心者の俺からしたら大きな一歩なのだ。

「にしても……温かいご飯は本当に久しぶりだな」

ふと、そんなことを呟く先生。

「やっぱり、自炊はしてないんですね」

「頑張ろうとした時期はあったさ」

「そうなんですか？」

「ああ、無意味だったけどな」

一瞬先生の顔に影が差したような気がした。

これまで見たことがない、先生の暗い顔がなんとなく嫌で俺は思わず言っていた。

「無意味なことなんてありませんよ」

意味がないことなんてない。

努力は必ず報《むく》われるとは言わないが、絶対に無意味になんかなることはないと思う。

「かもしれないな」

肩を竦《すく》めて、美味《おい》しそうに食事を続ける先生。

今はまだ、この距離か。

でも、さっきのような表情は二度とさせたくないと、そう思った。

まあ、そんな少し暗くなりそうな会話をしつつも、俺は情報収集に勤《いそ》しむ。

先生は肉じゃがも味噌汁も、入っている野菜を普通に食べてるから、おそらく火を通してあれば大丈夫なのだろう。

千鶴ちゃんは……味噌汁の野菜は少し苦手なのか一瞬顔色が変わったように感じる。

でも普通に肉じゃがは食べてるから、おそらくしっかりと味が染《し》みていれば気にしないのかもしれない。

そんな風に分析をしていると先生は苦笑気味に言った。

「お前は意外と真面目《まじめ》だよなぁ」

「真面目ですよ？　これでも優等生ですから」

「いつも学年平均の分際で優等生を気取るなよ。まあ、お前の料理は美味いから自信持て」

励ましてくれているのだろうか？

気負わずにできることをしろと言われているような気がして、先生の優しさに思わずトキメキそうになるが……いや、この程度で靡《なび》くなんてそこまでチョロくないつもりなのできっと気のせいだ。うん。

そんな風に和《なご》やかに食事は続いた。

一日目にしては悪くない滑り出しではあるが、俺はこれからもっと二人と仲良くなるためにまだまだ頑張ろうと思ったのだった。

5 合鍵と見送り

「じゃあ、明日の朝また来ますから」

そう先生に言ってから俺は自転車に跨《また》がる。

場所は自転車置き場。すっかり暗くなっているが、久しぶりに充実感のある一日だった。

結局、夕飯が終わってから千鶴《ちづる》ちゃんが寝るまでできることをして過ごしたが、初日にしては得るものが大きかったような気がする。

心地よい夜風に当たりながら闇夜を突き進もうとペダルに足をかけようとするが……その前に俺は先生に肩をつかまれてストップする。

「待った。朝も来てくれるのか？」

「ええ。二人の朝食と先生のお弁当も必要ですし……何か問題でも？」

「問題はないが……はぁ、仕方ない。少し待て」

ため息をつくと、先生は一度家に戻って何かを手に戻ってきた。

「ん」

こちらに向けて出されたのはどう見ても鍵のようで、俺は思わず聞いてしまう。

「それは……先生の部屋の鍵ですか？」

「そいつはもう少し先だな」

飛躍する脳内の妄想は置いておくとしても、俺はそれを受け取ってから思わず聞いた。

「それで……家の合鍵を貰《もら》えるのはありがたいですが、そんなに俺に気を許していいんですか？」

「ま、悪用するほどの度胸はないだろう？」

「朝、先生の寝顔を眺めちゃいそうです」

「その程度なら大丈夫だろう。それに、今日のちーちゃんへの態度を見て、ある程度信じてもいいと思ったんだよ」

「嬉しいですが……それは先生が、千鶴ちゃんの父親として俺を認めて貰えたってことだけですか？」

「何が言いたい？」

怪訝《けげん》な表情の先生。

俺は直球で聞いてみることにした。

「先生の白馬の王子様役にはどうかと思いまして」

「この歳で白馬の王子様とは思わなかったな……私は少女と呼べる年はとうに過ぎてるぞ？」

「女はいくつになっても女ですよ」

「どこかのＣＭで同じ台詞《せりふ》を聞いたような気がするが……ま、乙女チックなお前にはお似合いかもしれないな」

先生の中では完全に俺は乙女キャラが定着しているようだ。

まあ、自分でも少しふんわりしてるかと思ったけど……なんか、自然とそんな感じで言葉が出てくるんだよね。

それと……先生が男前過ぎると言うのは簡単だけど、後が怖いので俺はそこには触れずに言及する。

「それで？　先生の王子様に俺はなれますか？」

「及第点だな。だいたいお前は王子という器《うつわ》ではないだろ？　どちらかと言えばプリンセスだな」

「ではヒーローは先生ですか？」

そう聞くと先生は笑いながら答えた。

「なら、お前は私が一生守ってやるさ」

不意打ち気味の台詞。

こちらが口説いていたと思ったらあちらからの攻撃に、俺は一瞬トキメキの感情が顔に出そうになるが……なんとか我慢して目線を逸《そ》らして言った。

「……先生は卑怯《ひきょう》ですね」

「はは、バカだな健斗《けんと》は。恋愛に卑怯も糞もない。想いを伝えた者勝ちなんだよ」

「それで玉砕《ぎょくさい》したらどうするつもりですか？」

「そん時はそん時だ。ま、少なくとも私は今の恋は勝ちが確定だと思ってるぞ？」

ニヤリと笑いながらそう言う先生。

こちらの心を見透かしたような先生に、俺はため息をついてから言った。

「帰る前にキスの一つでも欲しいところですが……ファーストキスはもう少しムードをよくしてからにします」

「ほう？　なら私はお前の初めてを予約してるわけだ」

「先生、卑猥《ひわい》な言い方はやめてください」

色んな意味で事実だけど人聞きが悪いのでそう言うと、先生は笑いながらこちらに近づいてきて――そのまま、頬《ほお》に唇を一瞬だけ押し付けてきた。

つまり頬にキスされたのだ。

呆然としている俺に、先生は背中を向けて手を振りながら言った。

「おやすみ健斗。早く帰れよー」

バタン。

と、ドアが閉まった後もしばらく俺はフリーズしていたが……頰に残った僅《わず》かな温《ぬく》もりを感じながら思わず苦笑してしまった。

「ほんと……かなわないよなぁ……」

自転車に跨がってペダルを踏む。夜風を心地よく感じながら、俺は思わず出る笑みを隠すことなく家へと帰るのだった。

6 親の承認

「ただいまー」

「あら？　遅かったわね」

家に帰るとそんな口調で出迎えてくれる人が。

声のトーンも高く、女物の衣装も似合ってるその人に、俺はため息をつきながら言った。

「家でまで女装する必要あるの？　父さん」

「ふふふ……健斗《けんと》はわかってないわねー。お姉さまへの道は普段の行いをコツコツ積み上げた先にあるのよ」

「それを理解しても、俺はそっちの業界には進まないから問題ないかな」

「つれないわねぇー」

くすりと笑う父さん。

そう、俺の父親は、いわゆるニューハーフである。

まあ、本人いわくお姉さまらしいけど……どっちでも俺からすれば一緒なので何も問題はないだろう。

　それにしても……

「父さん今日休みだったの？　それなら言ってくれればいいのに」

「私もすっかり忘れてたのよ。お仕事好き過ぎるのも考えものよねー」

　父さんは夜のお店、女装バーで働いているが、見た目も女性にしか見えなくて、常連客からはかなりの人気らしい。

　女装してお客さんの相手をするのが楽しいらしい。

　所謂《いわゆる》仕事人間というやつだろうか？

　先生も教師という仕事を好きでやってるようなので、俺からすれば二人とも尊敬できるのだが……この人の場合少し抜けたところがあるのが問題だろう。

「それで？　帰りが遅かったけど何かあったの？」

「父さん……書き置き見てないの？」

　俺と父さんはそもそも活動時間が違うので、会えない時は書き置きを残して連絡を取っているのだが……今日の分は見てなかったのかな？

　うん、それっぽいな。

　なお、このご時世に書き置きメモなのは、父さんの趣味で、本人が言うには、『手書きの練習』なのだそうだ。

父さんは机の上を見て、俺の書き置きを今更ながら読んで微笑んだ。

「ふふ……ごめんなさいね。それで、健斗は花嫁修業にでも行ってたの？」

「ある意味間違ってないけど……うん、俺を永久就職させてくれる人のところに行ってたんだよ」

「そう……確かあなたの担任の先生よね？　前に会った時は美人でバリバリ仕事できます！って感じの人だったけど……」

と、そこでそれまで穏やかに微笑んでいた父さんは、少し真剣な表情で言った。

「父親として言うわね。あなたがその人に騙《だま》されているなら、私は二人の結婚を認めないから」

父さんのこんな顔を見るのは久しぶりな気がする。

普段穏やかに微笑んでいる人なので、こういう時の表情はかなり怖いが……俺はそれに対して怯《ひる》まずに答えた。

「父さん、俺の将来の夢って、知ってる？」

「確か……主夫だったかしら？」

「うん、俺の夢は主夫になることだったんだけど……今は少し違うんだ」

「違う？」

「うん。俺は先生……黒羽遥香《くろばねはるか》さんと、その娘の黒羽千鶴《ちづる》ちゃんと本当の意味で家族になりたいんだ」

そこで頭を過《よぎ》るのは、さっき三人で夕食を食べた時の光景。

俺の料理を美味《おい》しそうに食べる二人に、俺は心が温かくなるのを感じた。

それに……俺は、少しずつ先生に惹《ひ》かれてきているのかもしれない。

いや、正直知れば知るほど、俺の心はそちらを向いてしまう。

俺なんかを本気で先生が好きになるなんて、都合のいい夢は抱かない。

そんなことは分かってる。

だって、俺はとんでもない大罪を犯しているのだから。

物凄《ものすご》い大嘘つきだから。

こんな俺に人を好きになる権利があるとは思わないけど……二人のそばにいたいと思ってしまったのだ。

確かにはじまりは主夫になりたいという希望から始まった関係、先生の豪快な逆プロポーズからの一目惚《ひとめぼ》れだが、今日一日で俺は二人の家族に心底なりたいと思うようになったのだ。

まだ芽生えはじめたばかりの小さな想いかもしれないが……それでも俺はこの気持ちを育てていきたいのだ。

俺の言葉を聞いて、父さんはしばらくこちらを見つめていたが……ふぅ、とため息をついてからいつもの微笑みで言った。

「わかったわ。今はそれを認めてあげる」

「ありがとう父さん」

「ただ、私は可愛い息子が不幸になるようなら、結婚には反対させてもらうからそのつもりでいなさい」

ひとまず俺の方の親というハードルはクリアできそうだ。

にしても……

「そう言うなら、もう少し家族との時間を取ればいいのに。海斗《かいと》が父さんのこと勘違いするのもそれが原因なんだし」

「反抗期なのよ。今は一人で、寮生活を満喫しているでしょうしね」

高校入学とともに寮に入ったため、今この場にはいない弟のことを思って、俺はそう言うが父さんはそう言って苦笑するだけだった。

わかってはいても、こういう時に、自分の無力さを痛感する。

口に出して二人を心配させたくないから言わないけど……父と弟の不仲をどうすることもできないのを歯がゆく思う。

俺にもっと、力があれば……いや、よそう。

考えて口に出したらダメだ。

今、できることを全力でやるだけ。

そうして俺は思考を切り替える。

とりあえず、これから毎日先生の家に通って好感度上げに勤《いそ》しむことと、先生との結婚の件を父さんに認めてもらえたのは収穫だろう。

小さなことからコツコツと……だよね。

うん、よし、明日も頑張るとしよう！

Character design introduction

◆巽恵（たつみ けい）

健斗の父親。
女装を極めており、
どこからどう見ても完全に美女。

Character design introduction

◆中条雅人（なかじょう　まさと）

健斗の親友でイケメン。
よく女子から告白されて
付き合っているが、
不思議と長続きしていない。

7 早起きの得

「おはよーございまーす」

翌朝、早速貰《もら》った合鍵を使って先生の家に入る。

時刻はまだ朝の六時前なので、二人は部屋でぐっすり眠っているようだ。

起こさないよう静かに、俺は手を洗ってからさっさと準備に取りかかる。

とはいえ二人の朝食と俺と先生の弁当を作るだけなのでさして時間もかからない。

昨日の夜、少し多めに作った肉じゃがと焼き鮭《じゃけ》、タコさん型のウインナーに卵焼きと少し肉が多めになってしまったが……まあ、明日から少しずつ野菜を増やせばいいかと思って納得する。

「うぅん……あさ……」

そうして準備していると意外にも……いや、当然と言うべきだろうか？

真っ先に起きてきたのは千鶴《ちづる》ちゃんだった。

可愛らしい子供用のパジャマを着た千鶴ちゃんは、ぽわぽわしながら歩いてきて——そのまま俺の脚に抱きついてきた。

「……え？」

あまりのイレギュラーに驚いて、俺はフリーズするが、寝ぼけているのか千鶴ちゃんは俺の脚に抱きつきながら呟《つぶや》く。

「いやぁ……いやだぁよぅ……ちーのまえからいなくならないで……」

その言葉に俺は先程までの驚きから、少し悲しい気持ちになってしまう。

千鶴ちゃんが何を恐れているのか、どうしてそんなことを言うのかわからなかったが……それでもこの子が悲しい思いをしているのがなんとなく我慢ならなくて、俺は抱きついている千鶴ちゃんの頭を撫《な》でながら言った。

「大丈夫だよ。俺は千鶴ちゃんの前からいなくならないから。だから……安心して」

「うん……」

その言葉に安心したのか千鶴ちゃんは、俺に寄りかかるようにまたすやすやと寝てしまった。

まだ時間もあるので、俺は千鶴ちゃんを部屋へと連れていくことにした。

千鶴ちゃんを抱っこして持ち上げると、この年頃特有の重量に思わず微笑んでしまう。

ああ、ホントに子供って可愛いなぁ……なんて思いつつ寝室へと足を踏み入れる。

千鶴ちゃんが寝ているのは先生と同じ部屋だ。

なので必然的に俺は先生の部屋に入ることになってしまったのだが……まあ、流石《さすが》に先生も大目に見てくれるだろうと思い、そのまま入る。

「ぐー……すー……」

ネグリジェというのだろうか？

セクシーな肌着を着た先生が無邪気な顔で寝ていた。

なんというか『無邪気』という表現が一番似合うくらいに、ある意味可愛らしい寝顔。

物凄《ものすご》く寝相が悪いのか枕と頭の距離が先生の身長分くらいある……というか、先生が枕を足元にして寝ているのだ。

「なんというか……本当に可愛い人だなぁ……」

そんなことを思わず呟いてしまう。

我ながら変わった感性かもしれない。

だが、こんな無邪気な姿が俺の父性本能をくすぐるのだから、恐ろしい魅力だ。

二次元みたいなお綺麗で完璧《かんぺき》な年上美人はもちろん好きだが、先生のこういう豪快なところの方が俺的にはポイントが高い。

そんな風に、しばらく先生の寝顔を眺めてから、千鶴ちゃんを先生から少しだけ遠くに離して、寝させてから俺は再び準備に戻るのだった。

※　※　※

「ふぁ……おはよう……」

「おはようございます」

しばらくして時計の針が七時を指そうとする頃に先生は起きてきた。

俺は挨拶《あいさつ》をして先生の方を向いてから——そのまま視線を逸《そ》らした。

「ん？　なんだその反応は？」

「先生、その格好で俺の前に立たないでください」

薄くて下が透けて見えるネグリジェ姿の先生。

しかもスタイルがいいのでかなり色っぽく見えてしまう。

あれ？　おかしいなぁ……さっき寝てる時はそこまでドキドキしなかったのに今はヤバいくらいにドキドキしてる。

きっと先生の寝顔が俺の理性を抑える要因になったのだろうが……それにしてもこの程度でうろたえてしまう自分の若さに思わずため息が出そうになる。

そんな俺の内心を察したように、先生はニヤリと笑って言った。

「そういえば起きたらちーちゃんがいつもとは別の位置に寝てたんだが……お前何か知らないか？」

「さぁ？　先生の寝相が悪いからじゃないですか？」

「ほう？　つまりお前は私の寝相が悪い姿を見たと？」

思いっきり地雷踏んでしまった。

俺はその言葉に、どう答えるべきか少し考えてからため息をついて言った。

「寝ぼけてた千鶴ちゃんを部屋に運んだ時に少しお邪魔しました。誓って二人には何もしていません」

「ちーちゃんを抱っこしたんだから何もしてないことはないだろ？」

「その程度は許してほし……ん？　先生、もしかして起きてたんですか？」

俺は千鶴ちゃんを運んだとは言ったが抱っこしたとは言ってないので、そう聞くと先生は笑って言った。

「いんや。カマかけてみただけだが？」

思いっきり引っ掛かってしまった。

千鶴ちゃんを抱っこしたことに対して何か鉄拳制裁的なものがないといいなぁ、と思って先生をチラリと見るが……先生は特に気にした様子もなく、あくびをしていた。

「あの……怒らないのですか？」

「何が？」

「千鶴ちゃんを抱っこして先生の部屋に無断で入ったことですよ」

「ん？　それのどこに怒る要素があるんだ？」

あれぇ……？

何か言われると思ったけど……大丈夫そう？

「何を心配したのか知らんが、別にちーちゃんに酷《ひど》いことをしなければ私はお前を責めたりはしないさ。たとえ私の身体に少しばかりおいたをしても、ちーちゃんの前でなければ許すよ」

「さらりと俺の思春期を刺激することを言わんでください」

「むしろもっとがっついてきても私的にはいいんだが……乙女チックなお前にはまだ早いか？」

がっついていいの？

何か、先生俺に対してガードが緩《ゆる》い気がするけど……気のせいかな？

いや、それよりも……いつの間にか、俺の乙女キャラが先生の中で定着しているのが気になった。

仕方ないので、俺はそれに対して一言文句を言うことにした。

「先生。俺は別に乙女チックじゃないです。ただ、思春期特有の異性への憧《あこが》れが人より少しだけまろやかなのと、好きな人とは順序立てて雰囲気を大切にしたいだけです」

「それを乙女チックっていうんだが……にしても、そうか。お前は私を意識しているのだな？」

そう言われて、俺は言葉につまりながらボソッと答えた。

「……好意がなければ、ここでこうして料理なんて作ってませんよ」

「ん、そうか」

そう言うと先生は顔を洗いに洗面所に向かったが……一瞬だけ見えたその横顔はどこか嬉しそうに見えたのは俺の気のせいだろうか？

※　※　※

「先生、コーヒーです」

「ん」

顔を洗ってきた先生にカップを差し出す。

先生はもちろんコーヒーをブラックで飲む人なので、砂糖やミルクは必要ない。

一口コーヒーを飲んで、先生は少し驚いたような表情を浮かべた。

「これは……美味《うま》いな」

「そうですか？　本当ならコーヒーメーカーとかあればそっちの方が美味《おい》しいと思うんですが……」

「ウチにはないからな。それでもお前の淹《い》れたコーヒーだからこんなに美味いのかな？」

「……どうなんでしょう」

さらりとイケメンなことを言われてしまう。

この人は本当に天然でやってくれるので心臓に悪いなぁ。

そんなことを思っていると、とたとたと先生の元に走ってくる影が。

「おっと……ちーちゃん。毎朝起きるなり私に飛びつくのはやめなさい。びっくりするでしょ」

そう言いつつも先生の表情は穏やかなものだった。

いきなり千鶴ちゃんに飛びつかれながらも、コーヒーをこぼさないように器用に抱き止めた先生は、しばらくそうして千鶴ちゃんをあやしてから、優しく千鶴ちゃんに言った。

「ちーちゃん。おはようの挨拶は？」

「おはようございます……」

「うん。偉いけど、もう一人にも言おうね」

そう言ってから先生は千鶴ちゃんを抱き上げると、そのままこちらを向かせた。

千鶴ちゃんはそこで初めて俺がいることに気づいたのか、びくっ！　としてから目を逸らしつつ硬い笑顔で言った。

「お、おはよう……ございます……」

「おはよう千鶴ちゃん」

これはまだまだ仲良くなるには遠いなと思いながら俺は時刻を確認して二人に言った。

「とりあえず朝食の用意するから二人も準備してきてください」

「準備？」

「着替えですよ。さすがに時間もキツイですし早く食べないと遅刻しますよ？」

そう言うと先生は納得したのか、千鶴ちゃんを連れて着替えに向かった。

とりあえずこれで目のやり場に困ることはないとほっとしつつ朝食を盛り付ける。

パンをトーストし、スクランブルエッグとベーコン、あとは栄養バランスをよくするために軽くサラダを作って待っていると二人は着替えが終わったのか、先生はスーツ姿で、千鶴ちゃんは保育園の制服に着替えてきた。

「おお、久しぶりにまともな朝食がとれるな」

「久しぶりって……まさか最近食べてなかったんですか？」

「ちーちゃんにはパンとかバナナとか、買ってきたものを食べさせていたよ」

つまり自分は食べてなかったんだ。

そう思ってジト目で見るが、先生は気にした様子もなく、千鶴ちゃんと手を合わせて食べはじめた。

「はむ……それにしても、同じパンなのに私が焼いた時とどうして味が違うんだ？」

「味って……つけてるジャムが違うからじゃないんですか？」

「へぇー、ジャムって味を誤魔化すためのものじゃないんだな」

おや？　今おかしな単語が聞こえたような気がするが……

まさか先生、パンを普通に焼くことすらできないほどの料理オンチとか言わないよね？

いや、ないとは思うよ。現実でそんなベタなことは。

でもそれがありそうな予感がするので俺はしばらく一人で悩んでしまったが……まあ、結果的に俺がこれから毎食作れば問題ないだろうという結論に落ち着いたのだった。

8 のろけですか？

「リア充爆発しろ」

「雅人《まさと》にだけは言われたくない台詞《せりふ》なんだよなぁ」

昼食を食べつつ、俺と雅人はそんな会話をする。

いつも通り、内緒話がしやすい体育館横。

当たり前のように俺の弁当箱からおかずを奪っていく親友に、先生との件で内密な相談をした結果が今の台詞だ。

彼女持ちにそんなことを言われるのは少しというか、かなり納得いかないが、そんな俺の抗議を受けても親友は特に気にした様子もなく言った。

「もうさ、お前らなんでたった数日で、そんなにイチャコラしてるの？　あり得ないでしょ」

「イチャコラって……お前だっていきなり告《コク》られてイチャコラするんだろ？　何が違うんだよ？」

「何がって……密度？」

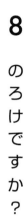

何のだよと思いつつ、俺は肝心の相談をすることにした。

「それで、聞きたいんだけど……雅人ならどうやって小さな女の子と仲良くなる？」

「それを俺に聞くのか？　言っとくが俺は子供なんて得意じゃないぞ？」

「そこまでは期待してないけど……単純に妹のいるお前ならどうするか聞きたかったんだよ」

このイケメンには、薫《かおる》ちゃんというえらい美少女の妹がいる。

俺も昔から何度も一緒に遊んでるし、仲はいい方だと思うけど、家族と友達は別だしね。

俺は家族に男（一人は女装趣味のお姉さま）しかいないので、妹がいる親友に千鶴《ちづる》ちゃんと仲良くなるべく相談したのだ。

「んー……でもお前も薫と仲いいだろ？」

「それは薫ちゃんがフレンドリーだし、年も近いからね」

「だとしても俺に相談されてもなぁ……黒羽《くろばね》の子供はえらい人見知りなんだっけ？」

「えっと、まあね」

人見知りという言葉が正解なのかわからないが……そこまで話す気にはならなかった。

雅人を信じてないわけではないけど、これればかりは俺が自分で答えを探す必要があるだろうと思ったのだ。

きっと千鶴ちゃんは、心に何かしらのトラウマを抱えている。それは間違いない。

推察でしかないが、千鶴ちゃんが俺に接した際の反応などと、本人の表情を見た感じで、そんな気がしたのだ。

先生に直接聞くのが一番手っ取り早いだろうが……きっとこれが仮に当たっていても先生が話してくれることはないだろうと思う。

だからとりあえず俺は、千鶴ちゃんと時間をなるべくともにして彼女の暗い部分を理解する必要があるだろう。

まあ、色々言ってはみたが、俺は結局、現状では何もできないことに対して少なからず自身に憤《いきどお》りを感じているから気分転換に親友にこんな話をしているのだろう。

雅人もそんな俺の気持ちを察しているのか、あまり深くは聞いてこない。

こういうところがイケメンのイケメンたる所以《ゆえん》なのだろう……

「んー……なら一緒に風呂にでも入れば？」

……少し、時々、無神経なところはあるが根はいい奴だから。うん。

そういうのはもっと親密になってからだと思われる。

※　※　※

「んじゃなー」

授業が終わり、雅人はそう言ってさっさと教室から出る。

きっとこの後デートとかなのだろう。

まあ、俺もこれからは大事な使命があるのだが……

「おーい、巽《たつみ》。少しいいか？」

そんなことを考えていると先生から呼ばれた。

なんだか学校と家で呼び方が違うのは変な感じがするが、俺はあくまで学校では先生が受け持つクラスの一生徒なのだ。気持ちを切り替えて先生のもとに行く。

「何かご用ですか？」

「あー、ちょっとお前に話があってな。ここじゃなんだし場所を変えよう」

そう言うと先生はさっさか歩きだしたので、俺も鞄を持って後に続く。

しばらく歩いてから人気《ひとけ》がない教室に移動すると、先生は周囲に誰もいないことを確認してから言った。

「今日からお前にちーちゃんの迎えを頼むわけだが……本当に大丈夫か？」

「大丈夫かと聞かれたら正直あまり自信はないですね。千鶴ちゃんからしたら、まだ知り合ったばかりの男が迎えに来るわけですし」

「ちーちゃんもそうだが、お前のこともだよ」

「俺の？」

そう聞くと先生は、珍しく少しだけ迷ったような表情をしてから言った。

「昨日からお前、私やちーちゃんに気を遣《つか》ってる上に、今朝もかなり早起きだったんだろ？」

「そんなことは……」

「私はお前に負担をかけさせてまで、何かを望んだりはしないから、あまり無理はするなよ」

どこか優しい言葉だが、俺はそれを聞いて少しだけ寂《さび》しい気持ちになる。

俺のことを思っての発言なのだろうが、意中の相手からそんなことを言われると、まるで期待されてないように感じてしまうのだ。

だから俺は……

「先生、俺は別に無理はしません。ただ、やりたいことをやってるだけなので、大丈夫です」

「そうか……だが、少しでも辛《つら》かったら言えよ。できることはするから」

「なんでもするじゃないんですね」

そこはなんでも言うこと聞くからみたいな台詞が欲しかった。

まあ、どうせ大した要求はできないけどね。

千鶴ちゃんもいるし、何より俺は紳士だしね。

でも、お年頃だし期待はしちゃう。

そんな俺の内心を計ったように、先生はニヤリと笑って言った。

「なんだ？　何かして欲しいのか？」

「ええっと……じゃあ一つだけお願いがあります」

「ん？　なんだ？」

「俺の頭を撫《な》でてくれませんか？」

そう言うと先生は、キョトンとしてからくすりと笑った。

「なんだ、そんなことでいいのか？　そもそも男は頭を撫でられるのはあまり好きではないと思っていたが……」

「まあ、プライドとかの問題で嫌がる人はいるでしょうけど、俺はいつも撫でる側なのでたまには撫でられたいんです。もちろん先生の頭を撫でてもみたいですけどね」

「おかしな奴だな……」

そう言いつつも、先生は俺の頭を優しく撫でる。

いつ以来だろう、こうして頭を撫でられるのは。

男とは違う、女性の柔らかな手の感触が気持ちよくて思わず目を細めてしまうが、先生はそんな俺を優しく見ながら言った。

「本当に……お前は私が知ってる誰よりも、私好みの性格をしているな」

「内面だけですか？」

「外側ももちろん好みだよ」

ストレートに言われて照れそうになるが、結局時間ギリギリまで俺は先生に頭を撫でられるのだった。

9　はじめてのお迎え

先生と別れた後、まだ仕事がある先生の代わりに俺は千鶴《ちづる》ちゃんを迎えに来ていた。

制服姿のお迎えは、事情を知らない園の関係者に不審がられるかと思っていたが、特に違和感を抱かれないまま俺は昨日会った千鶴ちゃん担当の保育士さんに会った。

「あ、昨日の千鶴ちゃんのお兄さんですね」

「こんにちは。千鶴ちゃん迎えに来たんですが……」

「はいはい、呼んできますねー」

お兄ちゃんではなく父親候補なんですと心の中でツッコミつつ、千鶴ちゃん担当の保育士さんが千鶴ちゃんを連れてくるのを待つ。

昨日よりも時間が早いためか、まだ何人かの園児が残っているみたいだが、外には千鶴ちゃんの姿はなかった。

そうなると室内で遊んでいるのだろうか？

そんなことを考えていると、何人かの園児が何故《なぜ》か俺に近寄ってきた。

いや、なんで？

「ねえねえ、おにいさん。おにいさんはちづるちゃんのおにいちゃんなの？」

「そういう君たちは千鶴ちゃんのお友達かな？」

「うん！　でもちづるちゃんあんまりおそとであそんでくれないの」

「そうなんだ」

ちゃんと友達がいることに少なからず安堵《あんど》する。

やはり千鶴ちゃんは別に人見知りなのではなく、単に大人が苦手なだけなのだろうと思っているいると園児の一人が言った。

「おにいさん、こんどちづるちゃんのいえにあそびにいってもいい？」

「それは直接千鶴ちゃんに聞いてみたらどうかな？」

俺が勝手に許可を出せることではないのでそう言うと、その子は口を尖《とが》らせて言った。

「だって、ちづるちゃんなんどきいてもだめだって」

「ねー、ちづるちゃん、いえにあそびにいくのはだめだっていうよねー」

「ねー」と声を揃《そろ》えるその子達。

しかし、家に人を呼ばないか……確かに家に人を呼べるような状態ではないが、なんとなく家が片付いてないだけの理由ではないような気がした。

友達を家に呼ばない理由はいくつかある。

家の中が見せられる状態ではないとか、他人を呼ぶのが嫌だとか、あるいはそう……呼べない事情があるとか、そんなところだろうか？

まあ、あくまで推察にすぎないので勘ぐり過ぎの可能性も否定できないが、今は些細《ささい》なことでも千鶴ちゃんの情報が欲しいのだ。


少しの間、園児達と話していたが、その子達は飽きたのか俺の前から散っていった。

それと同時に待ち人は来た。

「千鶴ちゃん、帰ろっか」

「……うん」

連れてきてくれた先生に挨拶《あいさつ》をしてから、俺と千鶴ちゃんは歩いて帰る。

「保育園は楽しい？」

「……うん」

「今日は何してたの？」

「……えほんよんでた」

「本が好きなんだね」

「……うん」

……うん、わかっていたけど会話が全然膨《ふく》らまない。

まあ、俺のコミュ力が低いのも原因のひとつだけど、まだまだ警戒されているのだろうと少し悲しくなる。

まあ、これから頑張って関係を構築するしかないだろうと俺は気を引き締めるのだった。

※　※　※

「さて……えっと、千鶴ちゃんこれから夕飯の買い物行くけど、何か食べたいものある？」

先生の家に着いてからそう尋《たず》ねると、千鶴ちゃんは俺の声に驚いたようにびくん、としてから小声で言った。

「……なんでもいい」

料理を作る人間にとって一番厄介《やっかい》な台詞《せりふ》だが、まあ予想通りの答えなので俺は特に気にせずに言った。

「そっか。何か食べたいものがあれば遠慮なく言ってくれていいからね。俺にできるものならなんでも作るから」

「……うん」

とはいえ、さて、今日は何を作ればいいものか。

先生と千鶴ちゃんは野菜をあまり好まないようだけど、栄養バランスを考えるとそれなりに野菜を摂《と》らせた方がいいだろうし、そうなると……

「カレーかハンバーグあたりかな……」

「……！　はんばーぐ！」

「え？」

見れば、目を輝かせている千鶴ちゃんがそこにはいた。

この子のこんな嬉しそうな表情初めて見たなぁと思っていると、千鶴ちゃんは恥ずかしくなったのか部屋へと駆けていってしまった。

しかし、そうか……千鶴ちゃんはハンバーグが好きなのか。

なんとも子供らしくて可愛いけど、先生も好きそうなので、今日はハンバーグでいいかなと思う。

付け合わせの野菜は……少し煮て味付けしてみて、食べられるか様子を見るべきだろう。

「ご飯は大丈夫だとして、ハンバーグのために挽《ひ》き肉買ってきて……あとは今日は、何かデザートもつけるべきかな？」

あまり夜に甘いものを食べると太るからよくないが……まあ、千鶴ちゃんの年頃なら動いてどうにでもなるだろうし、何より先生の娘だから食べても多分太ることはなさそうだ。

先生いわく『いくら食べても飲んでもあまり体型は変わらない』らしい。

どんな美少女、いや美女体質なんだと少し羨《うらや》ましくなる。

まあ、それにどうせ先生のために軽くおつまみを作るつもりだから、大して手間ではないだろう。

今朝確認したら冷蔵庫の中からビールが何本か消えていたし、昨日買ってきたおつまみ類はほとんど空《から》になっていたので、おそらく俺が帰ってから一人で晩酌《ばんしゃく》したのだろう。

俺と千鶴ちゃんに気を遣《つか》ってくれるのは嬉しいけど、なんとなく一人で晩酌する先生に思うところがあったので、せめておつまみくらいは俺が作ろうと今朝から決めていたのだ。

「千鶴ちゃん。今日は何かデザート作ろうと思ってるんだけど、何か食べたいものある?」

先ほどから、天《あま》の岩戸状態の千鶴ちゃんに、扉越しにそう尋《たず》ねるが反応はない。

あまり急《せ》かしても仕方ないと思い、俺は戸締まりを確認しようとするが、その前に扉が少しだけ開《あ》いてそこから千鶴ちゃんが顔を出して小声で言った。

「……あまいのがいい」

「そうか。わかったよ甘いもの作るね。少しだけ買い物に出かけるけど、千鶴ちゃんも一緒に行く?」

そう聞くと、千鶴ちゃんは驚いたように勢いよく首を横に振って、再び部屋にこもってしまった。

まあ、最初はこんなものだ。

これから仲良くなればいいと、内心の微妙なダメージをスルーして超特急で買い物に行くのだった。

※　※　※

「ただいまー」

玄関から聞こえてくるその声と同時に部屋から飛び出したのは、誰であろう千鶴ちゃんだ。

「……まま！」

先生とじゃれ合う微笑ましい様子が脳裏に浮かぶ。

見なくても分かる微笑ましい光景に俺はご機嫌で調理を続ける。

ご飯は炊けたし、あとはハンバーグを焼くだけだと思っていると後ろから目隠しをされる。

「だーれだ？」

「遥香《はるか》さん……調理中にその手の遊びは危ないですよ？」

「お、私だと一発でわかったか」

「千鶴ちゃんがここまで手が届くわけないですしね」

ほとんど選択肢は一つなのでそう言うと、先生は「確かに」と楽しげに笑った。

何やら上機嫌に見える先生は、俺の手元を見て嬉しそうに微笑んだ。

「お、今日はハンバーグか。ちーちゃんの大好物なんだよな」

「あ、やっぱりそうでしたか」

「ん？　お前に話したっけ？」

「今日の夕飯のリクエストを聞いたときに、それらしい反応をしてたので察しました」

昨日、今日と合わせて初めて見た、千鶴ちゃんのキラキラとした目の輝きだったので忘れられるわけがなかった。

そんな俺の言葉に先生は少しだけ意外そうな表情をしてからニヤリと笑って言った。

「少しは仲良くなれたのか？」

「まだまだ道は遠いですけど……多分近くはなりはじめてます」

「そっか……でも、ちーちゃんだけじゃなくて、私にも近づいてこいよ？」

「もちろんです。ところで遥香さんはハンバーグがお好きですか？」

「ん、まあ好きだな」

「俺とハンバーグとちーちゃんの三択だと？」

「ちーちゃん一択に決まってるだろ？」

わかりきってはいたが微妙に傷つくのは何故だろう？

「じゃあ、敗者の俺は同じく敗者のハンバーグと傷を舐《な》め合いますよ」

「食べ物と意志疎通《そつう》するなよ」

「いずれ遥香さんに食べられる者同士ですから」

そう言うと先生は悪戯《いたずら》っぽい笑みで言った。

「なら、食後のデザートにでも食べるか」

「マジっすか？　でしたらシャワー貸してください！」

「嘘だよ」

「おぅ……マジっすか……」

思わずうなだれてしまう。

せっかく大人の階段を昇れると思ったのに……なんてね。

まあ、そんな下心がなくはないけど、今は二人の傍《そば》にいられればそれでいいかな。

無論、俺も男だしそういうのに興味はあるけどね。

そんな微妙な下心を見透かしたように、先生は俺の頭に手を置いてから言った。

「プラトニックな関係は嫌いか？」

「大好物ですが、思春期なのでプラトニックじゃない関係にも興味はあります」

「正直な奴だな……ま、お前がちーちゃんに好かれたらいずれはするだろう」

「先は長いですね」

そう言うと先生はふいに俺の耳に顔を寄せて――

「はむ」

──そのまま何故か耳を甘噛みされた。

想定外の事態に目を見開いていると、先生は俺に背を向けて言った。

「今日はこれで我慢しろなー」

……食べるの意味合いが物理だった件について。

なんとなくキスより先に耳を甘噛みされるのを経験したのは、思春期男子的にはなんとも言えないところだけど……まあ、うん、あれだ。

先生はやはり手強《てごわ》いということだけはよくわかった。

そんなことを思いながら、俺はさっさと調理の仕上げに入った。

※　※　※

「うん、今日も美味《うま》いな！」

ハンバーグを食べつつ、そう笑みを浮かべる先生。

俺はそれに少しほっとする。

自分ではそこそこ美味《おい》しく出来たとは思ったけど……まだまだ手探りだしね。

「遥香さん、おかわりもあるので言ってください」

「おう！」

「ちなみに野菜もおかわりありますがいりますか？」

「それはいい」

きっぱりとそう断言する先生。

大人としてどうかと思うが……まあ、好みは人それぞれだから仕方ないね。

それでもハンバーグに入れた野菜はあまり気にした様子はないから、先生は多分こういう類《たぐ》いの作り方をすれば大丈夫なのはわかる。

そして千鶴ちゃんは――


「……んー！」


――物凄《ものすご》く美味しそうにハンバーグを食べていた。

一口食べてほわーという笑顔を浮かべるものだから、思わず笑みがこぼれてしまう。

それでも千鶴ちゃんはいつもならそれに反応しそうなものだが、今はハンバーグに夢中なのか、まったく気にとめないようだ。

「ちーちゃんは本当にハンバーグ好きだなー」

「遥香さんも好きなものだと、こういう反応しますか？」

「おいおい、仮にも私は大人だぞ？　大人なりの反応があるんだよ」

「是非見たいですが……何が好きなんですか？」

「んー、焼き肉とか？」

「焼き肉と一緒なら、野菜食べてくれますか？」

「肉しか食わないなー」

はっはっはーと笑う先生。

それはそれでどうかと思うが、確かにビールと焼き肉を楽しむ先生のイメージはしっくりきてしまうのがなんとも残念だ。

「まあ、本当は今日カレーでもいいかと思ったんですがね、千鶴ちゃんの反応見てこっちしかないかと思いまして」

「ちーちゃんはハンバーグ大好きだしなー。ちなみにカレーは甘口じゃないとダメだからな」

「ほうほう」

なんとも可愛い味覚だが、まあカレーの辛《から》さが苦手な人って大人でも意外と多いから、別におかしいとは思わないよね。

「ちなみに遥香さんは辛口でも大丈夫ですか？」

「最高で中辛、ベストは甘口だな」

先生も可愛い味覚をしていた。

　しかし本当にこの親子は味覚が似ているというか、まあ確かに今までの食生活で食の好みというものは決定されるけど、それにしたってどうしたらこんなに野菜から距離を取れるのか……。

「ん？」

　と、そこで横から俺の袖《そで》が引かれたような気がして、見るとそこには怯《おび》えつつもハンバーグの皿を差し出す千鶴ちゃんの姿があった。

「どうしたの？　おかわり？」

「……うん」

　こくりと頷《うなず》く。

　千鶴ちゃんがおかわりするとは思わなかったので多少驚いてしまったが、俺はなんとか態勢を整えてから笑顔で言った。

「わかった。すぐに用意するね」

「私もおかわり！」

「はいはい。すぐに用意しますから」

　そんな風に二人の分を新しく準備しつつ俺は、美味しそうに食べる二人に、思わず笑みを浮かべるのだった。

※　※　※

「さて、今日はデザートも用意しました」

そう言ってから俺は皿を片付けてことりとテーブルに置く。

「これは……クレープか？」

「ええ。家でも簡単に作れるイチゴチョコクレープです」

「クレープを家でって、女子力高いな」

「せめて主夫力と言ってください」

男が女子力とか言われると、変な勘ぐりされそうだし。

父親の仕事を認めてはいるし、そういう趣味の人を否定するつもりはないが、俺はあくまで主夫と父親にしか興味がないので訂正する。

それに、父さんの場合は少し事情があるからね。

「まあ、食べてみてください。遥香さんはどうせ今日も俺が帰ってから晩酌するんでしょうが」

「ん？　なんで知ってるんだ？」

「誰が台所を片付けてると思ってるんですか？　それくらいは把握できますよ」

「そうか……お前も酒はほどほどにとか言うつもりか？」

どこか拗《す》ねたようにそう言う先生に、俺はため息交じりに言った。

「健康的にはそう言いますが、子供の前と妊娠中以外なら大目に見ますよ」

「ん、そうか」

そう言ってからクレープを食べる先生。

その表情はどこか嬉しそうだったが……何故？

「美味いな。甘いものは久しぶりだ」

「それはよかった。今日はおつまみを作りましたから晩酌するならそれを食べてください」

「つまみまで作ったのか？」

「遥香さんの体調管理も俺の仕事ですから。ビールに合うものなら野菜でも食べますよね？」

「おう！　お前の料理は美味いからな！」

さらりと言われるが、それで嬉しくなる俺もかなりちょろいなと思いつつ、先ほどから無言でクレープを食べる千鶴ちゃんに聞いてみた。

「千鶴ちゃん美味しい？」

「…………（もぐもぐ）」

「千鶴ちゃん？　おーい？」

「…………（もぐもぐ）」

無言でクレープを食べる千鶴ちゃん。

無視されたことが地味にショックで、先生を見ると先生は苦笑気味に言った。

「ちーちゃんは大好きなお菓子を食べる時は無言になるんだよ。だから無視されたわけではないよ」

「千鶴ちゃん本当に集中力高いですね……」

ここまで周りが見えなくなるほどに集中することって、俺にはあっただろうか？

多分家の掃除か料理をしているときくらいだろう。

隅のホコリとかが凄く気になって時間を忘れて掃除をして、気がついたら夜中ということは希《まれ》にあるにはあったかな？

それはそれで問題だと、前に父さんと弟の海斗《かいと》に言われたことは思い出せる。

やがて全部食べ終えたのか、千鶴ちゃんは皿をじーっと見つめたあと、こちらを見て言った。

「……おかわり」

「ちーちゃん。今日はそれくらいにしときな」

「……ママ……おねがい！」

「ダーメ。許しません」

珍しく先生が千鶴ちゃんを叱《しか》っている姿を見て、俺は本当にこの人が母親やっていたんだと少し意外に思う一方で、言うべきところではきちんと「ダメ」と言える母親なのだと少しだけ好感度が上がったのだった。

　叱られてしばらく千鶴ちゃんはふくれていたが、やがて俺に視線を向けて言った。

「……おかわりだめ？」

　物凄《ものすご》く試されている気がするが、俺は心を鬼にして言った。

「えっと、千鶴ちゃん。今日はもう材料ないからデザートはまた明日ね」

「……むー」

「膨れる顔は可愛いけど、休みの日なら好きなものなんでも作るからそれで勘弁してくれないかな？」

「……わかった」

　納得したのかおとなしく頷いた千鶴ちゃん。

　まあ、本当は作ろうと思えば作れるけど、さすがに量は調整しないとね。

　いくら食べても太らなくても、食事の量はセーブする必要があるだろう。

　そんな風に千鶴ちゃんが先生とお風呂に向かったのを確認してから、俺は食器の片付けと掃除に入るのだった。

※　※　※

「健斗《けんと》、明日はお前どうする？」

帰り際《ぎわ》、先生からそんなことを聞かれた。

「どうとは？」

「明日は土曜日、学校は休みだろ？　私は午前中は仕事があるから家にいないが……」

そういえば明日は土曜日だった。

夕飯のことや、先生と千鶴ちゃんのことを考えていたら、それ自体を忘れていた。

とはいえ別にやることは変わらないので頷いて言った。

「もちろん来るつもりです。土日は大掃除をするにはもってこいのチャンスですから」

「そうか、ちーちゃんは私の仕事が終わるまでは保育園で預かってもらうから、来るなら昼の準備だけ頼む」

「わかりました」

「あと、掃除するなら私達の寝室の隣の部屋には絶対に入らないこと。そこだけは今のお前にも見せるわけにはいかないからな」

「じゃあ、遥香さんの寝室は入ってもいいんですか？」

そう聞くと先生は少しだけ驚いた表情を浮かべてからくすりと笑って言った。

「生意気言うようになったな」

「そうですか？」

「そうだよ。ま、その方が可愛いがな」

その笑顔にまたときめいてしまう自分がいる。

惚《ほ》れたら負けというのは、あながち間違いでもなさそうだ。

「どうかしたか？」

「いえ……」

「おかしな奴だな。ふむ……でも、頑張ってる健斗にはご褒美《ほうび》をねだる権利があるかもな。何がいい？」

「ご褒美？　なら、今度膝枕《ひざまくら》してください」

そう言うと先生は、一瞬キョトンとしてから笑って言った。

「相変わらずお前は可愛い要求をするな。そんなんでいいのか？」

「可愛いかは置いといて、膝枕は十分過ぎるほどのご褒美じゃないですか」

「そうか？」

「そうなんです。遥香さんみたいな美人の膝枕は男子の憧《あこが》れですよ」

「美人か……なあ、健斗。お前は私の容姿が整ってると思うか？」

突然そんなことを聞いてくる先生。

いきなりのことに戸惑《とまど》いつつも俺は答えた。

「はい。遥香さんは美人です」

「そうか……」

少しだけ悲しそうな顔をする先生。

その理由はわからない。

でも、俺はなんとなく先生のそんな表情を見たくないと言葉を続けていた。

「でも、遥香さんの魅力は外見だけじゃないと思います。千鶴ちゃんのことを大切に思う優しい母親の遥香さん、学校で生徒を教え導く先生としての遥香さん、そして一人の女性としての遥香さん。全部が俺にとっては魅力的です」

そう言うと先生は、しばらく目を丸くして、恥ずかしそうに視線を逸《そ》らして言った。

「……馬鹿。誰も褒《ほ》めろとは言ってないだろ」

「すみません。でも本心です」

「ふん……ガキのくせに生意気なこと言うな」

そうは言いつつも嬉しそうに微笑む先生に、ほっと一安心する。

何が先生の心を悲しみに染めたのかわからないが、先生はやはり笑ってる姿が一番いいと思ったからだ。

10　父親の懸念

「あら？　健斗《けんと》早いわね」

朝の五時。

俺は自宅内の洗面所に向かう途中で、仕事帰りの父さんと鉢合《はちあ》わせた。

化粧をして仕事着を着ている父さんは一見すると女性にしか見えないが、もはや見慣れている俺は特に気にせずに言った。

「父さんおかえり。朝ごはん食べる？」

「私的体内時計だと夕飯だけど……そうね、せっかく健斗が作るならいただくわ」

「うん、じゃあすぐに準備するね」

「健斗」

そう言ってから台所に向かおうとすると、父さんに呼び止められる。

そちらを向くと何やら心配そうな表情をしながら父さんは言った。

「あなた最近こんな時間に起きてるの？」

「んーまあ、ご飯の準備があるしね。それに新聞配達のバイトやってた頃より遅いくらいだよ」

「夜はちゃんと寝てるの？」

「寝てるよ。父さんこそ不規則な生活なんだから体調に気をつけてね」

「私は長年の生活で慣れてるから大丈夫よ。でもあなたは……」

「俺だって早起きは得意だよ。何年海斗《かいと》と父さんのご飯作ってると思ってるの」

そう言うと父さんはため息をついて言った。

「……苦労をかけてるわね」

「気にしないでいいよ。俺は好きでやってるんだから」

「だとしても私はあなたに家のことを丸投げしていたから。海斗の……弟の面倒と家事を全部あなたに任せてしまったから」

そんなことないと思うけど……それに、俺は二人を守るって約束したんだから、むしろ当たり前のことだしね。

「父さんは、俺と海斗のために仕事を頑張ってるんだから、気にしなくていいよ」

「健斗……」

「というか、突然どうしたの？」

「いえ、なんでもないわ。ただなんとなく娘が嫁《とつ》ぐのってこういう気分なのかと思っただけよ」

「俺、男なんだけどね」

なんで娘の嫁入りを前にした父親のムードを漂わせているのか疑問になっていると、父さんは「まあ、冗談はともかく……」と少しだけ真剣な表情で言った。

「無理はしちゃダメよ。辛《つら》かったら辛いって言いなさい」

「わかってる」

「本当に？　あなた昔からいつも我慢しちゃうからお父さん心配なのよ。ほら覚えてる？　あなた小さい頃にお祖母《ばあ》ちゃんの自転車の後ろに乗せてもらった時に、自転車の車輪に足を巻き込まれて大怪我《おおけが》したときも、絶対に泣かないで凄《すご》く我慢してたでしょ？」

「いつの話をしてるの……」

確かにめちゃくちゃ痛かったし、足が血だらけになったけど、それはそれ。

今は亡くなってしまったお祖母ちゃんを心配させないために、多少無理して笑ってみせたけど……そんな昔の話を持ち出す必要はないだろうと思い半眼で答えようとしたが、父さんの真剣な表情を見てため息交じりに言った。

「そこまで無理はしないよ。俺は好きでこうして自宅と先生の家の家事をしてるだけだからね」

「そう……わかったわ。とにかく無理はしないこと。あと美味《おい》しいご飯お願いね」

「はいはい」

その言葉に、あらためて俺は台所に向かう。

心配性な父さんの言葉だが、俺を気遣《きづか》ってのことなので少しだけ嬉しくなったのは秘密だ。

11 大掃除

「んじゃ、行ってくるなー」

「はい、お昼作って待ってます」

先生、千鶴《ちづる》ちゃんと朝ごはんを食べてから、俺は二人を玄関で見送っていた。

離れてる時間は少し寂《さび》しいが、今日は土曜日。

大掃除をするにはもってこいなので笑顔で手をふる。

すると、先生は少しだけ目を細めて言った。

「いいものだな、誰かに見送ってもらうっていうのは」

「どうしたんです唐突に？」

「いや、お前はエプロン姿が似合うと思ってな」

「ご所望《しょもう》なら裸エプロンで出迎えますが？」

「ちーちゃんの前でそれやったらマジで許さんからな」

ボキボキと拳《こぶし》を鳴らす先生に俺は背筋を伸ばして敬礼した。

「イエスマム！　もちろんであります！」

「うん、素直なのはいいことだ」

そう言ってから今度こそ先生と千鶴ちゃんは出掛けたのだった。

危なかった……まあ、裸エプロンって寒そうだしね。

※　※　※

「しっかし……予想以上に埃《ほこり》が目立つな」

掃除を開始してから俺は、思わずそんなことを呟《つぶや》いてしまう。

一応、普段使っている部屋は初日から片付けていたが、しっかりと掃除をするとなるとまだまだ時間がかかりそうだ。

「それにしても、先生金持ちだよなぁ……」

乾燥機付きの洗濯機に、六十インチの薄型テレビ、両開きの冷蔵庫に、ＩＨクッキングヒーター……俺がこれまで暮らしてきて、見たことないレベルの家電が揃《そろ》っている。

これでまったく家事をしてないというのはかなりもったいない気もするが、まあ、俺がこれから活用すればいいかと思う。

特に、乾燥機付きの洗濯機と両開きの冷蔵庫は俺の心を激しく揺さぶる。

雨の日でも洗濯物を乾かせるメリットは大きい。

自宅だと安い洗濯機しかないので庭に干して、雨が降ったら洗濯し直す、なんてことも少なくなかったからなぁー。

いや、もちろん天気予報は確認するけど、でも通り雨とか梅雨《つゆ》のシーズンとか、学校に通ってると対応できないことが多いからね。

冷蔵庫も大きくて使いやすい。

まあ、中身がビールとかしか入ってなかったのは、なかなかシュールではあったけどね。

先生がなんでこんなに大きな冷蔵庫を買ったのか疑問ではあるが。

そしてなんといっても驚いたのは掃除機だ。

「先生、なんでコードレスのサイクロン掃除機なんて持ってるんだ？」

コードレス、いわゆる充電式のサイクロン掃除機。

普通コードを繋《つな》げて使う掃除機をバッテリーにより、コードなしで取り扱えるのがコードレス。

まあ、サイクロンって時点で驚きなんだけど、コードレス掃除機はかなり新しいやつみたいで吸引力も悪くない。

基本的にアナログで家事をやってきた俺からしたら時代が進みすぎているが、前々から最新の家電が欲しくて、その手の情報を収集していたので使い方はわかるという矛盾。

まあ、なんだかんだ言って俺は先生の家の掃除が楽しくなってきていたのだ。

そうして掃除を続けているといつの間にか十時を過ぎていたので、俺は休憩がてら昼食の準備をしようと台所に向かう途中でその部屋に視線がいった。

先生の寝室の隣の部屋。絶対に入るなと先生から言われている例の部屋だ。

「これはあれだよな。『押すなよ押すなよ』的なノリで見たら後悔することになるやつだよな」

ギャグ的なノリならこの部屋にゴミとかを押し込めていたり、腐臭《ふしゅう》がして開けてお説教フラグだけど、先生が入るなと言ってた時の表情がやけに真剣だったので、俺には開けることはできなかった。

とはいえ……

「気になるよなぁ……もしかして先生の前の旦那さんの部屋とか？」

と、そこまで考えて俺は少しだけ寂しい気持ちになった。

先生も前は他の男を愛していて、千鶴ちゃんも父親に甘えていたのかもしれないと思うと疎外感と、多少の嫉妬《しっと》もあった。

あんまり人に執着しないタイプだと思っていたんだけどなぁ。友達でも家族でも。

いや、でも……。

「そっか……母さんが死んでから初めてかもしれない」

優しく微笑む母さん。

いつもベッドに寝ていた記憶しかないけど俺は母さんのことが大好きで大好きで、マザコンと呼ばれてもいいくらい大好きだった。

母さんが少しでも喜ぶようにお祖母《ばあ》ちゃんに色々と教わって、弟の海斗《かいと》と、あの頃はまだ女装してなかった父さんのために家事をやっていた。

「なんでだろ……先生のことを詳しく知りはじめてから、そんなに日が経《た》ってないのに」

たった数日で、自分がこんなに他人に執着するとは思わなかった。

それでも俺は先生と千鶴ちゃんに、ある種の独占欲が湧いてきてしまっているみたいだ。

なんでだろ？　一目惚《ひとめぼ》れってやつなのかな？

いや、ここ数日のやり取りで、本気になりつつあるのかもしれない。

「ホント……主夫になりたいだけだったのにな……」

身勝手にも、愛されたいとも思ってしまう。

本当なら、そんな資格ないのに。

都合よく捨てられる覚悟もあったのに。

「女々《めめ》しいよなぁ……」

先生にまた乙女とか言われそうだ。

いや、乙女というより悪く言えばストーカー予備軍とか？

自分でもキモいと思うが、まあこの感情を二人に……特に先生に、出さなければ問題ないだろう。

思う分には自由のはず。

まあ、どのみちこの部屋には入らない方がいいだろう。

先生の信頼を損《そこ》なうのもそうだが、入って前の旦那の痕跡を見て、苦しい気持ちになるのは嫌だからだ。

まあ、前の旦那の部屋とは限らないし、ただ単に見られたくないものがあるだけかもしれないけど。

見られたくないもの……なんだろ？

男なら思春期の衝動的な本やらＤＶＤとか辺りが妥当《だとう》だけど、女の秘密は見当がつかない。なんにせよ。

「お昼の準備するか」

気持ちを切り替えて俺は台所に向かう。

先生と千鶴ちゃんに美味《おい》しいご飯を作るのも俺の仕事だしね、うん。

※　※　※

「ただいまー」

「……ただいま」

玄関から先生の元気な声とそれに合わせたような千鶴ちゃんの声が微《かす》かに聞こえてきたので、俺は一度手を洗ってから出迎えに向かった。

「おかえりなさい。ご飯もうすぐできますよ」

「おう！　にしてもなんか玄関綺麗に片付いてるな」

「まだ半分くらいですけどね」

「そうか。ところで私の言い付けは守ったのか？」

その言葉に俺は頷《うなず》いて言った。

「裸エプロンは諦《あきら》めました」

「そっちじゃねーよ。寝室の隣の部屋に入るなってことだよ」

「あ、そっちでしたか」

まあ、わかってはいたけどね。

「気になりましたが我慢しました」

「そうか。しかし、お前は何も聞かないんだな」

「遥香《はるか》さんが話したいなら聞きます」

そう言うと先生は苦笑気味に言った。

「今のお前にはまだ早いから話せない。ま、時が来たらいずれ話すさ」

「わかりました。じゃあ、着替えてご飯にしましょうか」

「ん？　着替え必要か？」

「遥香さんスーツじゃないですか」

「そうだが……」

「千鶴ちゃんも保育園の制服から着替えた方がいいでしょうし」

二人とも似合ってるけど、食べて汚すかもしれない。

それに、せっかく家にいるんだから、リラックスできる服の方がいいだろうしね。

「わかった、わかった。ちーちゃん行くぞ？」

「……うん」

納得したのか二人で着替えに向かう。

それを見送ってから、俺は二人が戻ってくるまでに最後の仕上げを済ませるために台所に向かった。

※　※　※

「お、昼はハンバーグドリアか」

「……はんばーぐ！」

二人の前に熱々の皿を置く。

正直、千鶴ちゃんが口の中を火傷《やけど》しないか心配ではあったが、運ぶまでに少しだけ熱を取れたので、あとはふーふーしてゆっくり食べてもらおう。

それと昨日の様子を見るに、千鶴ちゃんはハンバーグをゆっくり味わって食べるので、多分大丈夫だろう。

「それにしても、もっと野菜多めのメニューになるかと思ってたけど案外入れないんだな」

「お望みなら野菜オンリーのメニューを作りますが、どうします？」

「ははー、全力で遠慮する！」

「ですよね」

まあ、わりと野菜を混ぜているけど、先生には言わないでおこう。

意識すると多分よけるようになりそうだしね。

「熱いので冷ましながら食べてください」

「おう！　ちーちゃん、気をつけて食べなさい」

「……うん」

ハンバーグを見て目をキラキラさせている千鶴ちゃんに先生は優しくそう言う。

親子の会話というのは、いつ聞いても微笑ましいと思う。

俺もいずれは千鶴ちゃんに父親として認めてもらえるようになりたいものだ。

いや、なろう。絶対に。

本日は昨日の残りと、今ある食材で作ったありあわせドリアだけど、そこそこ美味《おい》しくできたと思う。

まずは徐々に千鶴ちゃんに近づいていき、いずれ一気に距離を詰める。

あとは、先生とも更に仲を深めたいね。

そんなことを思いながら、俺は二人に微笑みかけながら食事をするのだった。

※　※　※

「にしても……本当に綺麗になったな」

食事が終わり、テレビを見ていた先生がそんなことを言う。

俺は家事の手を休めずに言った。

「遥香さんの方が綺麗ですよ……みたいなキザな台詞《せりふ》、言った方がいいですか？」

「そんなリアクションを求めてはいないが、本心からの台詞なら受け取ろう」

「まあ、事実ではありますが、どうせなら夜景が見えるレストランで言いたいものです」

「お前にそんな金ないだろ？」

「未使用のバイト代と将来のための貯金があるので、できなくはないです」

それを聞くと先生は意外そうに言った。

「お前の年頃なら万年金欠でもおかしくないだろ？　趣味はないのか？」

「家事が趣味ですからね。まあ、あとはスマホで無料の小説読むか、図書館で本を借りてくれば事足りますから」

「友達と遊んだりしないのか？」

「皆彼女とデートして青春楽しんでますから」

「……悪い、前も聞いたな」

見なくても先生が哀《あわ》れみの視線を向けてきているのがわかる。

い、いいんだよ。俺はこれが青春で。それに別にまったく友達と遊ばないわけではないし。たまにカラオケとか行くし。

ごくまれに彼女もセットでついてくるけど……うん、大丈夫。

「それはともかく……そろそろおやつできますよ」

「……！」

その言葉に千鶴ちゃんが反応したのがわかった。

俺は盛り付けをして、二人の前に皿を持っていく。

「これは……ホットケーキ？」

「まあ、間違ってませんがパンケーキでしょうか？」

「違いがわからねーよ」

「俺も詳しく知りませんけど、アイスと果物多めなので俺基準だとパンケーキです」

今日はパンケーキを作ってみた。

久しぶりに作ってみたけど、この手のものはトッピングなしでも美味しそうに見える。

そんなことを思っていると、俺の分がないことに気づいた先生が聞いてきた。

「お前は食べないのか？」

「あとで食べます。今から自宅に戻って父親の弁当作って買い物してきてから戻りますので、二人はゆっくりしててください」

「……大丈夫か？」

少しだけ心配そうな表情を浮かべる先生。

俺はそれに笑顔で答えた。

「大丈夫です。体調管理には自信があるので」

「私が言える台詞ではないが、無理はするなよ。体を壊したら意味がないからな」

「ええ、大丈夫ですよ。むしろ俺は遥香さんが心配です。仕事好きなのはいいんですが、遥香さんも無理はしないでください」

ただでさえ最近の教師という仕事はオーバーワークが多いと聞く。

しかも先生は自分の仕事が大好きなのでかなり心配なのだ。

成績が悪い生徒に自主的な補習をしたり、部活の顧問もしているし、大忙しみたいだ。

「……まあ、とにかく無理なら言ってくれ。ちゃんとフォローするから」

「ありがとうございます」

やはりこの人は優しいと、俺は思わず微笑んでしまうのだった。

※　※　※

「ん？　おーい！　健斗《けんと》！」

時刻は夕方。

弁当を作り終わり、買い物を終えてから先生の家に向かおうと店を出ると、後ろからそんな声が聞こえてきた。

そちらを向くと、よく知る親友が彼女らしき女の子と一緒にこちらへ駆け寄ってきた。

「雅人《まさと》……デート中？」

「おう、お前は買い物か？」

「うん、まあね」

「雅人くんの知り合い？」

彼女らしき子が雅人にそう聞くと、雅人は頷いて言った。

「ああ。親友の健斗だ」

「どうも」

そう挨拶《あいさつ》すると、彼女は俺を訝《いぶか》しげに見てから言った。

「雅人くんの友達にしては随分地味ね」

「……地味ですみませんね」

残念ながら地味なのは生まれつきだから。

すみませんね、どうも。

俺が持つ買い物袋を見て、どこか蔑《さげす》んだような瞳を向けてくるその子から、俺は視線を逸《そ》らして雅人に言った。

「雅人、もしかしてまた彼女変わった?」

「そうだけど、よく気づいたな」

「土曜のこの時間にデートしてるってことはそうなんでしょ?」

長年の付き合いから、親友の特徴を摑《つか》んでいるので、そう言うと雅人は笑いながら言った。

「やっぱり、お前にはお見通しか」

「当たり前だよ。何年親友やってると思ってるの?」

「かれこれ何年になるだろうな」

二人でそんな会話をしていると、彼女が雅人の腕を引っ張りながら言った。

「ねーねー、早く行こうよー」

「わかったよ、ったく……んじゃ、また学校でな」

「ああ」

そう言って、二人は遠ざかっていく。

すれ違いざまに明らかに見下したような視線を彼女は向けてきたが……うん、多分相容《あいい》れない存在だとお互い思ったのだろう。

向こうは所帯じみた地味な男と馬鹿にしており、俺はいかにも軽そうな感じが無理だった。

まあ、向こうから見れば俺が変わってるのだろう。

彼女と仲良くデートをするという青春をまったく羨《うらや》ましくないと言えば嘘になる。

俺だって年頃の男だ。普通に彼女を作って楽しい学園生活を夢見ないわけではないが……

「ま、俺には雅人みたいなルックスも話術もないからなぁ……」

叶《かな》わぬ夢とため息をつく。

まあ別にいいんだけどね。俺にはそういう青春を過ごすことはできないとわかっているから。

それに別に俺は今の生活に何の不満もない。

誰かのために尽くすことは嫌いじゃない。

ましてや先生や千鶴ちゃんのために頑張るのは楽しい。

笑顔で俺の料理を食べる二人を見れば、頑張ろうという気持ちになる。

一日の疲れもそれまでの苦労も全てがチャラになる。

女の子と過ごす青春、友達と過ごす青春、趣味を楽しむ青春、学業に専念する青春、部活に専念する青春、色んな青春があるが、俺はこれでいい。

いや、俺はこれがいい。

「さて……早く戻って夕飯の準備をするか」

さしあたっては夕飯の準備をしよう。

先生と千鶴ちゃんが美味しいと言ってくれるような、俺にできる最高の料理を。

そんなことを考えながら、俺は先生の家へと戻るのだった。

12 大人の時間

「ん、まだ残ってたのか」

　夕食を終えてから二人がお風呂に入り、千鶴《ちづる》ちゃんを寝かしつけてから先生がまだ居間にいる俺を見てそう聞いてきた。

　いつもなら先生が千鶴ちゃんを寝かしつける頃には帰宅しているが、本日は針仕事があったので残っていたのだ。

「千鶴ちゃん寝たんですか?」

「ああ、ぐっすりな。何してるんだ?」

「先生と千鶴ちゃんの服を縫ってるんです」

　正確には取れかけのボタンと、破れてるところをパッチを当てて修復しているだけだ。

　まあ、服も作れないことはないけど、ミシンは持ってないのでやるなら学校で借りるしかないだろうし、できたとしても簡単なものしか作れないだろう。

「お前は本当に多芸だな……その器用さを少しは勉強にも向けたらどうだ?　というか、お前勉強は大丈夫か？」

「問題ありません。もともと家ではあまり勉強してませんから。授業の内容とテスト前の一夜漬けでなんとかなります」

「教師としてはもう少し勉強にも力を入れてほしいが……まあ、今の私にそれを指摘する資格はないからスルーしてやる」

「まあ、将来の就職先で修行してるので問題ないでしょう」

「将来の就職か……なあ、健斗《けんと》。お前は私のこと好きか？」

いきなりそんなことを聞いてくる先生。

俺は特に悩まずに素直な気持ちを答えた。

「はい。もちろん好きですよ」

「じゃあ、ちーちゃんと私だとどっちが好きだ？」

「そんなの比べるジャンルが違いますから答えられませんよ。千鶴ちゃんへの好きは家族としての好意です。先生への好きは異性としての好意ですから」

「お前は私を異性として意識しているのか？」

「ええ。もちろん」

今更なことを聞かれて俺は首を傾《かし》げるが、先生はその答えにしばらく黙ってから笑って答えた。

「そうか……なら、今日はもう家事はやめて私に付き合え」

「付き合えって、何をですか？」

「決まってるだろ、大人の時間さ」

大人の時間？　え？　もしかして大人の階段昇るみたいな……そうか俺もついに一人前の男へと成長する……。

「晩酌《ばんしゃく》に決まってるだろ？」

「ですよね。わかってました」

うん、少しも残念とは思ってないよ。

わかっていたよこういう展開なのは。

千鶴ちゃんに父親認定されるまでは、プラトニックな付き合いなのはわかっていたさ。

「でも、俺飲めませんよ？」

「ジュースでもお茶でもいいから私に付き合え。たまには誰かと一緒に飲みたいんだよ」

「そうゆうことなら是非に。おつまみ出しますね」

「ああ」

そうして俺は先生のビールと俺のジュース、そしておつまみを取りに席を立つのだった。

※　※　※

「こうして誰かと飲むのは久しぶりだ」

ビールを飲みながら先生はそう呟《つぶや》く。

「そうなんですか？　他の先生方や友達と飲みに行ったりは？」

「ちーちゃんが生まれてからは基本的にほとんど断ってるさ。それにもともと大勢で飲むのは好きじゃないからな」

「遥香《はるか》さんらしいですね」

なんなく俺のイメージ通りなので思わずそう笑うと、先生は一気にビールを飲み干してから少しだけ赤くなった顔で言った。

「なぁ……健斗《けんと》。私はダメな大人だよな」

「どうしたんですか、唐突に」

「家事も育児もできない、仕事しかできないダメな母親だ……そんな私をちーちゃんは母親として慕《した》ってくれているんだ」

はぁと、ため息をつく先生。

酔いが回ってきたのだろうか？　いつもの先生らしくない弱気な発言とその表情に、俺は思わず抱き締めたい衝動に駆られるが、なんとか抑えて代わりに別の言葉をかけた。

「遥香さんは頑張ってますよ。千鶴ちゃんがあんなにしっかり育ったのも遥香さんの教育の賜《たま》物《もの》でしょう」

「どうだか……」

先生はそう言ってビールを飲もうとするが、グラスが空《から》なのに気づいて口を尖《とが》らせる。

俺はそれに苦笑しながらビールを注ぐ。

「おう、サンキュー。にしてもやけにビールの注ぎ方上手《うま》いな」

「そうですか？　まあ、昔は父親の晩酌に付き合ってましたからね」

「父親……そういや、早めにお前の親にも挨拶《あいさつ》に行かなきゃな」

「そのうちでいいですよ。遥香さんもお仕事忙しいんですから」

「忙しいのはお前の親もだろ？　確か夜の仕事をしてるとか聞いたが」

「ええ、女装バーみたいなところで働いてます」

その言葉に先生は俺を見てから頷《うなず》いて言った。

「なるほど、納得だ」

「何故《なぜ》俺の顔を見て納得したのかは聞かないでおきます」

「なんだ？　童顔なのを気にしてるのか？」

聞かなかったのに答えを言う先生はかなり意地悪だったので、俺はため息交じりに答えた。

「童顔なのは気にしませんよ。わりと母親似なのでそこはまったく問題ありませんが、父親の仕事について、人から何か言われるのはあまりいい気がしないだけです」

「なんだ？　親の仕事に否定的なのか？」

「逆です。親の仕事を馬鹿にされてる気がして嫌なんです。俺は仕事にプライドを持ってる人が好きですから」

安易に女装趣味＝ニューハーフみたいなイメージが好きではないだけだ。

どんな仕事であれ、それに喜びやプライドを持っているなら簡単にジャンル分けをするのは良くないと思うのだ。

そんな俺の言葉に先生はしばらく黙ってからぼそりと言った。

「気味が悪いくらいに私好みの性格だな……」

「お互い様です。俺も遥香さんと相性良すぎてビックリしてますから」

「なら、私達はお似合いってわけだ」

にっこりと笑う先生に、俺は少しだけ顔が赤くなるのがわかった。

そういえば先生のこんなに無垢な表情を見るのは初めてだ。

お酒のせいだろうか？　それでもこんなことがあるなら晩酌に付き合うのも悪くないと、そう思っていると、先生は唐突に言った。

「なあ、健斗……私のこと好きか？」

「もちろんですよ」

「なら……私が、人殺しでもお前は私を愛せるか？」

13 ニチアサタイム！

「ん……あれ？　朝か……」

目を覚ますと、見知ったような見慣れないような天井。

そこで俺は昨夜の出来事を思い出す。

そうだ……確か、先生の晩酌《ばんしゃく》に付き合って、そのまま寝ちゃったのか。

時間を確認すると六時になったばかりだった。

今から帰って父さんのご飯を作るか……でもこの時間、父さんはあまりご飯食べないんだよね。

「ううん……」

そんなことを考えているとめっちゃ近くで寝息が聞こえた気がしたので、そちらを見ると物《もの》凄《すご》い至近距離で先生がお腹《なか》を出して寝ていた。

なんとも愛らしい寝顔に思わず微笑んでしまう。

千鶴《ちづる》ちゃんもまだ寝ているようなので、俺は先生に毛布を掛けてから顔を洗いに洗面所に向かう。

「ふぁ……眠い」

記憶にある限り、日付が変わって随分経《た》ってから寝たので、まだまだ睡眠時間は足りないが日々の習慣でついつい早起きしてしまう。

そういえば……

「昨日のあの言葉は一体……」

酔ってる先生が呟《つぶや》いた言葉。

『私が、人殺しでもお前は私を愛せるか』……だったかな？

「前の旦那さんと何か関係あるのかな……でも、まあ、結局変わらないしなぁ」

昨日、先生からそう言われた時、俺は迷わずに頷《うなず》いていた。

だって、先生の過去がどうであれ、好きになってしまった感情は揺るがないから。

いや、あるいは……

「俺の方が、酷《ひど》いからかもしれないな……」

自分についた大きな嘘。

それは、ずっと俺の中で消えることはない。

許されない罪なんだから。

「いかんな……まだ寝ぼけてるのかな……」

寝起きはいい方だと思ってたけど……まだまだだね。

まあ、先生も今日は仕事が休みだし、千鶴ちゃんも保育園行かないから、こんなに早く起きても何もすること——あ。

「今日、日曜日か……ニチアサタイムがあった」

週に一度の子供の楽しみニチアサタイム。

日曜日の朝からやってる特撮やアニメの番組が連続する時間のこと。

人によっては特撮やアニメを子供向けと侮《あなど》るかもしれないけど、子供向けだからこそ奥深さがあるのだよ。

そんなことを考えながらウキウキして居間に戻ると、テレビがついており、そこにはさっきまでいなかった千鶴ちゃんが座っていた。

「ぽけぽけごー♪　るんるん♪」

いつもの千鶴ちゃんからは考えられないように、楽しげにテレビの歌に合わせてダンスする姿がそこにはあった。思わず悶《もだ》えそうになる。

か、可愛《かわ》ええ！

なんで子供のダンスって、こんなに微笑ましい気持ちになるのだろう。

やはり今年千鶴ちゃんの保育園でイベントがあれば、是非とも保護者として参加したいものだ。

それまでに千鶴ちゃんと仲良くならないとな。

「あっ……」

そんなことを考えていたら、ターンした千鶴ちゃんと目が合った。

千鶴ちゃんは俺を見て、少しだけ恥ずかしそうに顔を隠してからぼそりと言った。

「お、おはよう……ございます……」

「おはよう千鶴ちゃん。ポケゴン好きなの？」

「う、うん……」

「そっか、俺も好きなんだ。ジャースがお気に入り」

それを聞くと、千鶴ちゃんは瞳を輝かせてから笑顔で言った。

「ちーも、ジャースだいすき！」

「そっか、ちいさいのにマケット団好きなのは珍しいね」

「うん、ちーのまわりみんなピカヂュウすきなこばっかり」

そんな風に千鶴ちゃんと俺はポケゴンを見ながら初めて楽しくお喋《しゃべ》りをした。

やはり年の差を越えて話せるアニメというジャンルは素晴らしいと思いつつ、少し近くなった距離間を嬉しく思ったのだった。

※　※　※

「んあ……なんだ、まだ夢を見てるのか？」

そんな声に振り返ると、先生が驚いたような表情をしてこちらを見ていた。

なんだか珍しいその表情の先生に、俺は笑顔で答えた。

「おはようございます遥香さん。コーヒー飲みますか？」

「あ、ああ……」

「わかりました。じゃあ、すぐに淹《い》れますね。千鶴ちゃんはパンのおかわりいる？」

「……だいじょうぶ」

隣でパンを食べながら答える千鶴ちゃん。

そう、俺の隣で普通に朝ごはんを食べながら千鶴ちゃんはテレビを見ているのだ。

その程度のことと思われるかもしれないけど、俺には大きな進歩だ。

何より前みたいにおどおどびくびくが消えたのは心が軽くなる思いだ。

コーヒーを淹れに台所に行くと、先生は俺に近づいてきてこっそりと聞いてきた。

「一体どんな手品を使ったんだ？」

「アニメの話で盛り上がりまして、少しだけ距離が近くなりました」

「アニメ……なるほどな。私はちーちゃんの見てるのがわからないから話しようがないしな」

「ああ、だからあんなに楽しそうに話してくれたんですね」

千鶴ちゃんが俺相手でもあそこまで楽しく話せたのは、ひとえに話せる人間が少ないことも影響してるのだろう。

友達だけだと話し足りない分を親で補完できればいいのだろうが……なかなかねぇ。

多忙な先生がその手の情報を得る機会は少ないだろうから、俺と話した時にあれだけ嬉しそうな表情をしていたのだろう。

「そうか、少しは安心した。なら、今日の外出も問題なさそうだな」

「……はい？　あの、聞き間違いでしょうか？　『外出』って聞こえたような……」

「ん？　言ってなかったか？　今日は三人で出掛けるつもりでいたんだ」

「初耳ですが……お弁当必要ですか？」

「たまには外食でもいいだろう。何か食べたいものあるか？」

「いやいや、さすがに奢《おご》ってもらうわけには……」

男のプライドとかではなく、単に申し訳ないのでそう言うと、先生は笑いながら答えた。

「たまには大人にいい格好させろって。いつもご飯作ってもらってる礼だ」

「それだって食費貰《もら》ってますし、好きでやってることですから」

「たっく……意外と強情だな。なら……」

そう言って先生は俺を壁に追いやってから、両手で逃げ場をふさぐと俺の目を見て言った。

「受け入れろ。命令だ」

初めての壁ドン（しかも、逆パターン）に、地味にときめきつつ、俺はため息交じりに言った。

「……はぁ、遥香さんは本当に卑怯《ひきょう》ですよね」

こうして強制されると断れないことを見抜いている先生に、俺はそう言うと先生は笑いながら答えた。

「卑怯、汚いは大人にとっては褒《ほ》め言葉だ」

「千鶴ちゃんの教育に悪いので、そんなこと千鶴ちゃんの前では言っちゃダメですよ？」

「わかってる。それで何か食べたいものあるか？」

「お二人にお任せします……」

そんな会話をしてるのを千鶴ちゃんに聞かれてなかったのだけはよかったかもしれない。

とまあ、そんなことを思いながら俺はコーヒーを淹れるのだった。

14 桜日和

「にしても、遥香《はるか》さんマニュアル車が異様に似合いますね」

「そうか？」

そう答えつつ、スムーズにギアチェンジをする先生。

オートマ車が全盛の昨今、こんなにマニュアルでの運転が上手《うま》い人はなかなかいないのではないだろうか。

俺は助手席でそれを眺めているからこそそう思う。

ちなみに千鶴《ちづる》ちゃんは、後ろでチャイルドシートに座っておとなしくビデオを見ている。

後ろにもモニターがあるので一体いくらくらいする車なのか気になるが……怖くて聞けないので、俺は別のことを聞くことにする。

「それで……我々はどこに向かってるのですか？」

「んーまあ、少しだけ遠出だよ」

「そう言って高速に乗ってから、かれこれ一時間は経《た》ってるんですが？」

田舎《いなか》とはいえ車で高速に乗るなんて年に一、二回しかない俺としては、父親以外の運転でこうして遠出するのは初めてなので、楽しみ半分、不安半分の気持ちだったりする。

そんな俺に先生は笑いながら言った。

「たまの休みに、近場で家族サービスなんてナンセンスだろ？」

「俺は別に気にしませんが……」

「ちーちゃんのためだよ。それに大人なりの楽しみを、今のうちにお前に教えておこうと思ってな」

「まあ、確かに遥香さんの運転見てると楽しいですけど」

それを聞くと先生は少しだけ苦笑して言った。

「そこを楽しむか。なら免許はマニュアルで取れよな」

「もとよりそのつもりですが、取っても遥香さんが運転するなら使うかわかりませんね」

「ま、私の車で練習するか、卒業祝いに車買ってやってもいいから安心しろ」

「さらっと金持ちっぽい発言やめてください」

「そんなつもりはないが……」

「それにそんなことにお金使わなくていいですよ。もっと千鶴ちゃんとかのためにそのお金は取っておいてください」

確かに車があれば楽だけど、今のこのご時勢二台も車持つと、それなりに維持費なり車検代なりかかるので、普段使わないなら一台でも十分だろう。

まあ、田舎だからできれば持っておきたいけど、俺は基本的に卒業したら専業主夫になるだろうし、先生も今の学校はそこまで距離ないから車を必要としないし、千鶴ちゃんの保育園もわりと近いから問題ないので、結論としては一台で十分だろう。

本当に必要になれば俺の貯金で軽自動車を買えばいいしね。

人によっては『男なら高級車だろ！』的な発想の人もいそうだが、俺としては最低限運転できれば問題ないのだ。

先生は俺の言葉に少しだけ嬉しそうな表情をしてからぼそりと呟《つぶや》いた。

「……お前のそういうところが本当に私好みすぎるんだよ」

雑音がうるさいはずなのにその言葉がやけにクリアに聞こえてきて、俺はしばらくどう反応していいか悩んでから――聞かなかったことにすることにした。

なんて言えばいいかわからなかったからだ。

※　※　※

「これは……凄いですね」

思わずそんな感想が出てくる。

辺り一面には満開の桜。

今年は早咲きだったため地元ではすでに散りはじめているので、こんなに綺麗な桜を見るのは久しぶりかもしれない。

「わぁ……きれい」

「だろ？　知り合いからここがちょうど見頃だって聞いてな」

目をキラキラさせる千鶴ちゃんと俺を見て、満足そうに頷く先生。

「それにしてもお花見とは思いませんでした」

「そうか？　時季的には間違ってないだろ？」

「いえ、遥香さん今日弁当はいらないって言ってたので」

こういうアウトドア的なイベントなら、弁当があった方が楽なのでそう言うと、遥香さんは笑いながら言った。

「まあ、この辺には屋台が多いからな。買って食べればいいさ」

「でも、遥香さん車だから、お酒は飲めませんよ？　いいんですか？」

「おいおい、家族サービスに酒を持ち込むことはしないさ。それに酒は夜って、私の中ではそういうルールだからな」

「思いの外《ほか》常識的で嬉しいですよ……っと」

俺は舞ってきた桜の花びらをキャッチする。

手の風圧で舞い上がらないように丁寧《ていねい》に掴《つか》むと、それを千鶴ちゃんに手渡した。

「はい、千鶴ちゃん。桜の花びら」

「……いいの？」

「もちろん。さっきから欲しそうにしていたようだからね」

千鶴ちゃんは、先程から桜の花びらをキャッチしようとして失敗を繰り返していたので、代わりに取ってあげたのだ。

余計なお世話だったかな？　と思ったが、千鶴ちゃんは受け取ってから嬉しそうに微笑んだ。

「……ありがとう！」

「どういたしまして」

今朝のアニメの話以降、前より距離感が近くなったような気がする。

その距離はまだまだ目指す頂《いただき》には遠いかもしれないが、確実に近づいている。

そんな俺と千鶴ちゃんの様子を微笑ましく見ていた先生は、ふと何かに気づいたように、俺へと手を伸ばしてきた。

「遥香さん？　あの……」

「動くな」

そう言われては下手《へた》に動くことはできないので、しばらくじっとすることにする。

やがて先生の手が俺の頭に触れて離れていった。

「花びらついてたぞ」

見れば先生の手には、桜の花びらが一枚あった。

「ありがとうございます。それいただけますか？」

「構わんが……これどうするつもりだ？」

「押し花栞《しおり》にしようかと。せっかく綺麗な花びらですし、遥香さんと千鶴ちゃんと出掛けた記念にしようかと」

そう言うと、後ろから袖《そで》を引かれる。

見れば、千鶴ちゃんがわくわくしたような表情で言った。

「ちーも、しおりつくってみたい！」

「いいよ。じゃあ、帰ったら作ろうか」

「うん！」

「それなら私にも作ってくれよな」

「もちろんです。三人の記念の品ですから」

そんな風に三人で話していると、前よりも家族という雰囲気に近づけたような気がして嬉しかった。

※　※　※

「なんで餅《もち》って、あんこ入ってるんだろうなぁ」

桜餅を食べながら、先生がそんなことを言う。

近くの屋台を見ていると、和風のスイーツなどの屋台が多く、まあ、ぶっちゃけ和菓子率が高いので、自然とそんな言葉が出てきたのだろう。

「まあ、美味《おい》しいですからね。千鶴ちゃん、美味しい？」

「うん」

もぐもぐと、三色団子《だんご》を食べる千鶴ちゃん。

あんこが苦手な千鶴ちゃんでも食べられるのはそれぐらいしかなかったのだが、千鶴ちゃんは満足なのか、夢中になって団子を食べているので、ほっとする。

「でも、餅はやっぱり、すあまが一番だよな」

「意外と素朴な味が好きなんですね」

「どら焼きも、あんこなしの方がうまいしな」

「多分、和菓子が苦手な人しか共感できないでしょうね」

なんとも先生らしいのか、らしくないのかわからないが、まあ人の味覚はそれぞれなので、別にいいだろう。

俺もそこまで和菓子は好きではないので、緑茶を飲みながら一息つく。

「にしても、もっと色々な屋台があると思ったんだがなぁ……」

「まあ、仕方ないですよ。今度はお弁当を持って遠出しましょうよ。何か食べたいものありますか？」

「肉！」

「うん、わかってました。千鶴ちゃんは？」

そう聞くと、千鶴ちゃんはゆっくりと団子を飲み込んでから、キラキラした瞳で答えた。

「はんばーぐ！」

「うん、じゃあ美味《おい》しいの作るね」

「やったー！」

微笑ましい光景に思わず頰《ほお》が緩《ゆる》むが、何故《なぜ》か少しだけ不機嫌そうな先生の表情に、俺は思わず聞いていた。

「遥香さん。どうかしましたか？」

「なんかちーちゃんと私で態度違くないか？」

「そうですか？　そんなことないと思うのですが……」

「……そうだな。忘れてくれ」

そうして桜餅を食べながら、視線を逸《そ》らす先生。

もしかして嫉妬《しっと》とか？　確証はないけど、千鶴ちゃんに優しい俺に嫉妬なのか、俺に打ち解けはじめた千鶴ちゃんに嫉妬なのかはわからないが、そうなら地味に嬉しい。

どっちであっても、先生から少なくない好意を抱いてもらえてる、ということだからだ。

だから俺は先生に近づくと、口元についたあんこを取ってそれを食べてから微笑んで言った。

「家族に向ける愛と、異性に向ける愛は、別ですからね」

「……わかってるさ。お前に負担ばかりかけて、その上こんな感情まで抱くのは間違ってることは」

「いいえ、間違ってないですよ。むしろその感情は、俺にちゃんと出してください」

「……いいのか？　私がお前に本心を伝えると、かなり我が儘《わがまま》で、重い女になるぞ？」

珍しく弱気な先生に、少しだけ父性本能がくすぐられるが……そう聞かれても、俺は笑顔で答えた。

「俺としては、もっと独占欲とかを出してもらいたいくらいです。どんな感情であれ、遥香さんからの感情なら、素直に受け止めます」

「それが悪感情でもか？」

「その場合は……悲しくなるだけですね」

そう言うと先生は、くすりと笑ってから言った。

「なら宣言しとくが、私はかなり重い女だから、それは覚悟しておけよ」

「はい。どんなあなたでも受け入れますよ」

「生意気言うじゃないか……健斗《けんと》」

そう言う先生の横顔は、どこか嬉しそうに見えたのは気のせいではないと思う。

俺も重い自覚はあるので、きっと相性はいいのかもしれないね。

15 親友からのツッコミ

「いやいやいや、たった数日でなんでそんな家族っぽいんだよ」

翌日、学校で親友と雑談しているとそんなツッコミが入る。

「何かおかしいか？」

「おかしいというか、お前の器《うつわ》の大きさにかなり驚いてる」

「彼女持ちのリア充に言われたくないけど……というか、俺別に器大きくはないでしょ？」

そう言うと親友は呆《あき》れたように答えた。

「普通、子持ちの年上相手に、そこまで尽くせる人間はそんなにいないと思うぞ」

「そう？　愛情があれば、皆こんなもんじゃない？」

「愛情ねぇー……俺の恋愛観が変わるよ」

「雅人《まさと》だって、土曜日会った時に彼女とデートしてたじゃん」

「あー、あいつとはその日のうちに別れた」

さらりと言われたが……あれ？

もしかしなくても俺と会った後に別れたの？

だとしたらかなりびっくりだけど……

「今度は何が原因で別れたの？」

お節介かもしれないけど、親友のことが心配でそう聞くと雅人は面倒くさそうに答えた。

「あまりにも自己中で合わなかった。お前と話した時も急《せ》かされたし、何より親友を馬鹿にされて頭にきてな」

「もしかしなくても、俺のせい？」

「そうじゃなくても別れてたさ。本当に無駄な時間だった」

そう平然と言うが、完全に俺が原因作ってるよね？

タイミング悪かったなぁと思っていると、親友は気にした様子もなく答えた。

「まあ、今の彼女はわりと波長近いから大丈夫だしな」

「うん、たった数日で何人も彼女変えられるその技量に脱帽だよ」

心配して損した。

「にしても、こりゃあ完全にお前に先越されるかもな」

「何を？」

「結婚」

「まあ、俺からしたらそこはゴールじゃないからね」

結婚は人生の墓場とはよく言うが、主夫志望からすれば結婚は単なるスタートラインでしかない。

本当に終わりがあるとすれば、それは俺が寿命とかで死ぬときだろう。

せめて孫の顔を見るまでは生きていたいものだ。

先生と同じ墓に入れれば尚よし。

「結婚式は呼んでくれよな」

「うーん……先生がやりたがるか疑問なところだけどね」

結婚式の費用はなくはないが、もし先生が前の旦那のことを気にしていたらできないし……いずれにしても、そのうち先生にその辺の希望を聞いておくべきだろう。

まあ、先生のことだから、しなくていいとか言われそうだけど……どうせなら先生のウェディングドレス姿を見てみたいものだとしみじみ思う。

「雅人も結婚式あげるなら、ちゃんと呼んでよ？」

「おう、まあでも、その前に俺が本気で好きになれる奴がいるかどうかが疑問だけどな」

なんともイケメンらしい悩みだが、親友としてそのうちいい人が見つかることを切に願うのだった。

16　おてつないで

「あら？　こんにちは千鶴《ちづる》ちゃんのお兄さん。お迎えですか？」

「ええ」

保育園の先生とも随分顔見知りになってきた今日この頃。

相変わらず父親候補ですとは言えずにそう頷《うなず》くと、先生は笑いながら言った。

「なんだか最近の千鶴ちゃん、前よりも明るくなったんですよね」

「そうなんですか？」

「きっといいお兄さんが出来たからなんでしょうね」

そんなことを言ってから、千鶴ちゃんを呼びに行ってくれる先生。

お兄さんか……いずれお父さんと呼ばれたいものだが、しかし千鶴ちゃんに俺が少なからずよい影響を与えられているならそれはいいことだろう。

※　※　※

「でね、りっちゃんにこのまえのさくらのしおりみせたらびっくりしてた！」

「そうなんだ。千鶴ちゃん上手に作れてたからね」

笑顔で今日の報告をしてくれる千鶴ちゃんに、少なからず嬉しい気持ちになりつつ頷く。

この前までなら考えられない変化だが、アニメという突破口から一気に距離が近くなったのだろう。

「ちー、じょうずにつくれてた？」

「もちろん。千鶴ちゃんは手先が器用だから、将来なんにでもなれそうだよね」

「えへへ……」

嬉しそうに笑う千鶴ちゃん。

親バカみたいな台詞《せりふ》だが本心なので訂正はしない。

「千鶴ちゃんは将来の夢とかあるの？」

「えっと……ふたつあるの」

「二つ？」

「うん。ままみたいになるのと、およめさん」

めちゃくちゃ可愛い夢だった。

まあ、千鶴ちゃんが先生に憧《あこが》れるのはわかるし、お嫁さんというのも女の子なら憧れる子が多いイメージなのでわかる。

まあ、千鶴ちゃんが誰か他の男に嫁《とつ》いでいくというのは、お父さん候補の俺としては複雑な気持ちになる。

「どっちも千鶴ちゃんならきっとなれるよ」

「そうかな？」

「うん。千鶴ちゃんは好きな男の子いるの？」

「すきなおとこのこ？」

きょとんとしてから千鶴ちゃんは笑顔で言った。

「いないよ！」

「……そうなんだ」

ほっとすると同時に、千鶴ちゃんを可愛いと思ってるであろう同年代の子供達が不憫《ふびん》になるが、まあ、まだ千鶴ちゃんには早いと、心の中の頑固親父が言ってるのでそれに頷く。

「あのね……」

「ん？　どうかしたの？」

すると、なにやら千鶴ちゃんはもじもじしながらぼそりと呟《つぶや》いた。

「おてて、つないでもいい？」

「もちろん」

そう言って、千鶴ちゃんと手を繋《つな》ぐ。

まさか先生より先に千鶴ちゃんと手を繋ぐことになるとは思わなかったが、千鶴ちゃんはえらくご機嫌に言った。

「ままいがいのひとと、おててつないであるくのはじめて」

「そうなの？」

「うん。ぱぱはおそとでれなかったから……」

その言葉に、俺は少しだけ眉を寄せそうになる。

外に出れない……どういう意味だ？

普通に考えれば病気かなにか、斜め上にいくなら引きこもりあたりかな？

正直もっと千鶴ちゃんに、前の父親のことを聞きたいところだが……なんだか千鶴ちゃんが父親のことを語るときは妙に暗いというか、若干《じゃっかん》恐怖しているように見えるのでこれ以上は聞かないのが得策だろう。

そんな風にして二人で手を繋いで帰る道は、傍《はた》から見たら兄妹に見えてそうだけど、それでも一歩前進に変わりないのでよしとしよう。

※　※　※

「ほー、ちーちゃんと手を繋いだと？」

「ええ」

「ほー、へー、そうかそうか」

帰ってきた先生がえらくご機嫌な千鶴ちゃんを見て、どういうことなのかを聞いてきたので、あったことをそのまま話すと先生はそこに食いついた。

いや、何故《なぜ》？

「私の前にちーちゃんと手を繋いだと？　初めてをちーちゃんへと捧《ささ》げたと？」

「あの……遥香《はるか》さん？」

「なんて……拗《す》ねてみせればお前は困るか？」

そう言ってから俺を見る先生。

その瞳にどこか迷いがあるようなので、俺はきっぱりと言った。

「嬉しいです」

「嬉しい？　なんだ突然」

「遥香さんが俺に対して、少しでも独占欲を向けてくれるなら嬉しいです。遥香さんが少なからず俺に対して好意を抱いてくれているということですから」

興味がないなら関心は湧かない。

どんな感情でも遥香さんから向けられるものなら、俺はそれを精一杯受け入れるつもりだ。

「……つまらないことにいちいち嫉妬する面倒な女でもか？」

「家族の好意と、異性の好意は別物ですから」

「……なら、今度は私と手を繋げ」

「もちろんです」

「ん、ならこの件は見逃してやる」

そう言って視線を逸《そ》らす先生は、どことなく嬉しそうに見えた。

「ちなみに遥香さん的に絶対許せないことってあります？」

「ん？　そうだな……ちーちゃんを傷つけるのと、浮気かな？」

「なら、どっちもしないので問題ないですね」

「あと、私はお前が他の女にいい顔するのも許せない。多分」

「わかりました。社交辞令は可ですか？」

「……場合による」

なかなか難しい注文のようだが……まあ、俺が先生以外の女性と親しくしなければ問題ないという認識でいいのかな？

いい顔っていったって、俺はモテない主夫希望の学生だから、他の女の子に接することはまずないけど。

強《し》いて言えば、バレンタインデーの頃に何故かチョコ作りを教わりにくるクラスメイトは多いけど……ホントに教えるだけなので何もないのだ。

まあ、それでも先生が言うなら従うべきだろう。

「な、面倒な女だろ？」

そんなことを考えていると、先生が苦笑しながらそう言った。

「私はかなり我儘《わがまま》なんだよ。特に自分のものには執着する。子供の頃は大好きな人形がボロボロになるまで絶対に手放さなかったくらいにな」

あー、わかるかも。

「わかるだろう？　いつかお前にもそうしないという保証はないんだ」

「そうですか……ならますます俺は遥香さんが素敵に見えます」

「なんだと？」

眉を寄せる先生に俺は笑顔で言った。

「だって、それって俺のことを本気で愛する可能性があるってことですよね？　なら、俺としてはむしろポイント高いです」

俗に言うヤンデレというのは愛情からくるものだ。

深い愛情はそれだけ相手を想っているということでしょ？

先生がそこまで俺のことを愛してくれるなら、俺はどんなことでも受け入れる。

そんな俺の言葉に、先生はしばらくポカーンとしてからくすりと笑って言った。

「生意気なことを言うが……可愛い奴め」

その表情は大人っぽくて、俺は思わず見惚《みと》れてしまうのだった。

17 添い寝

「あの……遥香《はるか》さん」

「なんだ？」

「俺、さっき遥香さんと、今度手を繋《つな》ぐのを約束したばかりですよね？」

「そうだな」

「でしたらなんで俺は、二人と添い寝をしているのでしょう？」

場所は寝室。俺は先生と千鶴《ちづる》ちゃんの三人で、いわゆる添い寝をしているのだった。

うん、色々凄《すご》いよね。

ちなみに、俺と先生に挟まれている千鶴ちゃんはえらく安心して眠っているようなのであまり無粋《ぶすい》なことは言いたくないが、思わずそう聞いてしまう。

「仕方ないだろ？　ちーちゃんがお前と一緒に寝たいって言うんだから」

そう、千鶴ちゃんが家事をしている俺の袖《そで》を引っ張って、「おにいちゃんもいっしょ……だめ？」と、可愛らしく言ってきて、しばらくなんとか説得するも結果的に負けて、そのまま一緒に添い寝をすることになったのだ。

仕方ないじゃん。自分でもびっくりするくらいなつかれてしまったのだから……それに応《こた》えないわけにはいかない。

まあ、千鶴ちゃんとしては、きっと年の離れたお兄ちゃんポジションなんだろうけど……そこはいずれ父親に変えていきたい所存であります。

なお、反対するかと思っていた先生は、特に何も言わずにどっしりと構えていた。

信頼されていると考えてもいいのかな？

「それにしても……今日は随分と寝つきがいいな」

「そうなんですか？」

「ああ、いつもちーちゃんは布団に入ってからそれなりに起きてるんだけど……今日はえらく早く寝たみたいだ」

つんつんと、千鶴ちゃんの頬《ほ》っぺたをつつく先生。

千鶴ちゃんはそれに対して特に反応せずにすやすや寝ており、熟睡しているのがわかる。

「やっぱり母性が足りないのかな」

「その発言は俺と比較してのものではないと信じたいのですが……遥香さんは十分母性的だと思いますよ」

「そうか？　胸は確かに無駄にあるが」

「遥香さん。女性があまり胸の話題に触れないでください」

「ん？　なんだ照れてるのか？」

「ええ、異性とそういう話をしたことないので」

リア充や陽キャならそういった会話もしてそうだけど、俺にはそんな経験ないので恥ずかしいという気持ちは少なからずある。けど、一番は……。

「それに、寝てるとはいえ、千鶴ちゃんの前で話す内容ではないかと」

「お前のそういうところは好きだぞ。しかし、ちーちゃんも私の血を受け継いでるから、いずれは私みたいになるのか……」

「美人さんになりますね」

「なんだ、褒《ほ》めても何も出ないぞ？」

「愛情だけくれれば他にはいりませんよ。それに思ったことを口にしただけです」

そう言うと先生はふふ、と笑ってから俺の唇に指で触れて、艶《つや》っぽい笑みを浮かべた。

「なら……私の愛情をやろう」

「あ、あの……千鶴ちゃんの前でですか？」

何かオタクな友達がやってそうなゲームみたいな展開だなぁ。

俺はここでついに大人の階段を昇るのか、いや、最低でも恋人っぽいことができるとか——

そんなことを一瞬想像していると、先生はそのまま親指で唇に触れてから言った。

「次の試験。学年で五十位以内に入れたらキスしてやる」

※　※　※

「あれ？　なんで昼休みまでノートとにらめっこしてるんだ？」

本日も弁当箱からおかずを盗んでいく親友の雅人《まさと》は、俺の様子を見てそう聞いてきた。

「ちょっと勉強に目覚めてね」

「一発でわかる嘘をつくな……さては黒羽《くろばね》に捨てられたか？」

「縁起《えんぎ》でもないこと言わないで」

正直、先生から愛想つかされたら生きていく自信がない。

なんとなくの関係からでも俺は先生のことを大好きになってしまっているので、捨てられたら女々《めめ》しくなってしまうのは自然なことだろう。うん。

「ま、お前みたいな隠れた優良物件を手放すわけないか。となると黒羽に何か言われたか？」

「なんでそう思うの？」

「お前が勉強する理由で、直近だとそれが一番可能性高いからな。まあ、でもおそらく命令ではなく、ご褒美《ほうび》か何かってところか？」

そこまで俺のことを理解している親友に背筋が寒くなるが、俺はため息をつきながら言った。

「次のテスト、学年で五十位以内ならご褒美がもらえるんだよ」

「五十位か……微妙に高いな」

「まあ、俺はもともと中間くらいだからね」

一学年二百人の中で五十位以内という条件。

ちなみにいつもは百位前後なので一気に五十人追い越さなければならない計算になる。

「それで？　肝心のご褒美はなんだ？」

「……言わなきゃダメ？」

「当たり前だろ。親友のことを案じる優しい俺に言わないわけないよな？」

「野次馬根性丸出しだけど……はぁ……わかった」

俺は諦《あきら》めて、周りを見てからぼそりと言った。

「キスだよ……」

「……は？」

「聞こえなかったとか言わないよね？」

「聞こえはしたが、理解が遅れた。え？　まさかそんなにピュアい関係を保っているとは……てっきり黒羽ともう寝たのかと」

「寝た……と言えば寝たかな？」

「は？　キスがまだで、その先は体験済みだと？」

「いや、添い寝しただけだけど」

その言葉に雅人はポカーンしてから大きく笑った。

「マジか……ヤバい、お腹《なか》いたいわ」

「笑いすぎでしょ」

「いやいや、笑うって。普通黒羽みたいな女を前にしたら、こっちから手を出すのに、向こうのペースに合わせるって、お前らしいな」

「そうか？　むしろ俺は先生に心から求められたいだけなんだけど……」

お互いの合意の上で、先生から求められたいというのが俺の理想だ。

ヘタレかもしれないが、相手の気持ちを無視してこちらの欲求を押し付けたくはない。

もちろんそういう身勝手さも時には必要だとわかるが、そういうものにはタイミングがある。

だから俺からは何もしないのだ。

「ま、いいと思うぜ。むしろ早くに子供でもできたらお前退学する必要が出てくるだろうしな」

「まあね。家事と育児で手一杯だしね」

「本当に主夫向きな性格だよな。ま、応援してるぞ」

「そう、なら俺の弁当箱から唐揚げを持っていくなよ」

そんなやり取りをしながら昼食を摂《と》るのだった。

18 弟との電話

午後十一時、先生の家から早めに帰宅した俺が試験勉強に勤《いそ》しんでいると、着信音が鳴る。

ディスプレイに表示される着信者名は『巽海斗《たつみかいと》』。

こんなに遅くに弟からの電話が掛かってきたので、俺は少しだけ不安になりながらも通話に出た。

「もしもし、海斗か」

『ごめん兄さん。寝てた？』

「いや、勉強してただけだから大丈夫だけど」

『そうなんだ……って、兄さんがこんな時間に勉強？』

「なんか変か？　これでも受験生、就活生だぞ」

そう言うと海斗は、電話口で少しだけ驚いた様子で聞いてきた。

『兄さん、やっとあの変な目標捨てたんだね』

「変な目標？」

『主夫になるとか言ってたでしょ？　ようやく将来を見据えてくれたのかと、弟として嬉しくなったんだよ』

「いや、その目標は捨ててないよ」

『はい？』

「むしろ夢に近づいたくらいかな」

先生と千鶴《ちづる》ちゃんのことを思い出して、思わずくすりと笑うと海斗は困惑《こんわく》しながら尋《たず》ねてくる。

『もしかして兄さん……彼女できたの⁉』

「夜中に大声上げちゃダメだぞ？　あと彼女はできてない」

『彼女じゃない？　まさか人妻とか、浮気とかイケナイ恋？』

「兄さんは、そのお前の想像力のたくましさにビックリだよ」

ある意味間違ってる気がしなくもないが、子持ちの教師のもとに通っているという事実は変わらないから否定はしない。

「それで、そんなことを聞きたくて電話したわけじゃないだろ？」

『詳しく聞きたいところだけど……うん、次のゴールデンウィークに帰るから知らせておこうと思ってね』

「そっか、ゴールデンウィークか……」

すっかり忘れていたが、学生にとってのご褒美《ほうび》期間。

十連休あるゴールデンウィークのその翌週がテストなんだよね。

「父さんには知らせたのか？」

『……兄さんから伝えておいて』

「相変わらず父さんは苦手か」

『別にそんなことは……ただ、兄さんに家のこと全部丸投げした父さんを許せないだけだから』

「何度も言ってるが、俺が好きでやったことだからあまり恨《うら》んでやるな」

『わかってる。でも、父さんが今の仕事に逃げたことに変わりはないから』

逃げたか……まあ、父さんもどうしようもない気持ちを発散したかったのだろう。

なんにせよ今の海斗に何を言っても言葉が届くとは思わないので、しばらくは静観かな？

などと、思いながら俺は本題に話を戻した。

「とりあえずゴールデンウィークに帰ってくるのはわかったが……俺もバイトが多いからずっと家にはいられないけど大丈夫か？」

『うん、そっちの友達とも久しぶりに会う約束してるしね』

「そっか、ならご飯が必要な日にちは前もって教えてくれ」

『うん、兄さんの作るご飯久しぶりだから楽しみ』

そこから少しだけ弟と近況報告をしてから電話を切ったが……そのあとに先生はゴールデンウィークどうするのか、予定を聞き忘れていたことを思い出した。

まあ、次の日に聞けばいいかと思って勉強を再開したのだった。

Character design introduction

◆巽海斗（たつみ　かいと）

健斗の弟。
家族仲がギクシャクしていた
こともあって、
高校からは寮生活をし、
実家から離れている。

19 ゴールデンウィークの予定

「ゴールデンウィーク？」

「ええ、遥香《はるか》さんはどう過ごす予定ですか？」

先生宅での夕飯中にそう聞くと、先生は少しだけ考えてから言った。

「基本的には部活で数日出勤するだけだから、特に予定は考えてなかったが……ちーちゃんの相手は任せてもいいんだな？」

「ええ、もちろんです」

「なら、出掛ける予定も立てるが、そうだな……健斗《けんと》。お前の親の予定が空《あ》いてる日はあるか？」

「聞いてみますが、どうしたんですか？」

「そろそろ挨拶《あいさつ》に行こうと思ってな。確か夜勤の仕事に就《つ》いてるんだったな」

夜勤というか、夜のお仕事だが……千鶴ちゃんの前でそんなことは口にできないので、俺は苦笑しながら言った。

「ええ、まあ父さんは仕事人間なので、ゴールデンウィークは休みはあんまり取らないと思いますが、一応予定は聞いてみます」

「頼む。ところで、そう言うお前は私とちーちゃん以外に予定はあるのか？」

「友人とは特に予定はないですね。いつも通り父さんのご飯を作って、勉強して……あとは弟が帰ってくるので、弟の分のご飯の準備が必要なくらいですかね」

　そう言うと先生は少しだけ驚いたような表情で言った。

「弟が帰ってくるのか？」

「ええ。こっちの友達に会いにくるついでに帰ってくるそうですよ」

「ちなみに弟には私達のことは話したのか？」

「まだです。まあ、ちらっと近い話題はありましたが、詳しくは話してないです」

「んー、そうか」

　なにやら考え込む先生。

　しばらくそうしてから先生は顔を上げて言った。

「なら、弟とも会えるよう予定を調整できるか？」

「やってはみますけど……その、弟にも会うんですか？」

「なんだ？　何か問題あるのか」

「いえ……念のため確認しますけど、俺との関係の件で弟に会うんですよね？」

「そうだが……もしかして嫉妬《しっと》か？」

「まあ、もちろんそれもありますけど」

「あるのか」

少しだけ嬉しそうな先生。

俺は弟のことを思い出しながら言った。

「弟は俺とは違ってイケメンなので、少しだけ不安というのもあるのですが、遥香さんに対して弟がかなり失礼なことを言うかもしれないのでそれも心配なんです」

「もしかして女嫌いか？」

「ええ、近いです」

俺の教育が悪かったのか表面上は優しいイケメンに育ったが、一度スイッチが入ると腹黒な面が出てしまう毒舌家《どくぜつか》になる。

普段俺には大人しい弟として接してくれているが、父さんに対してはかなり毒舌になるので、遥香さんにももしかしたら何か失礼なことを言うのではないかと不安になる。

まあ、遥香さんが顔だけで判断するような人ではないと信じてはいるが、男としてスペック的に弟に遥かに負けている自覚があるので、そういう意味の嫉妬もなくはない。

そんな俺の不安を遥香さんは笑い飛ばして言った。

「どんな家族でも受け入れるさ。それに私はイケメンにはあいにくと興味がなくてな」

「そうなんですか？」

「ああ、私はお前みたいなタイプが好きだからな」

そう言われてしまうと何も言えなくなる俺は、かなり弱いのだろう。

※　※　※

翌朝、俺は少しだけ早く起きて、父さんを待ちながら家事をこなしていた。

こうでもしないと行き違いになりそうだしね。

「ただいまー」

しばらくそうしていると、玄関から父さんの声が聞こえてきた。

帰ってきた父さんは、俺の姿を目にすると、声をかけてきた。

「ただいま、健斗。相変わらず早起きね」

「おかえり父さん」

「それで、何か話があるのかしら？」

話をしようとする前にそう言われる。

「どうしてわかったの？」

「わかるわよ。何年あなたの父親やってると思ってるの」

女装しながらそんな格好いい台詞《せりふ》を言われると複雑な気持ちになるが……俺は気にせずに本題に入ることにした。

「ゴールデンウィークって仕事が休みの日ある？」

「どこかに出掛けたい……とかの話かしら？」

「いや、むしろ父さんには堂々と家にいてほしい」

「家に？　……もしかして、あなたの先生が会いたいって言ったのかしら？」

「挨拶に来たいそうだよ」

「そう……」

その言葉に父さんはしばらく目を瞑《つぶ》って考えてから答えた。

「一応休みの日はあるけど、昼間来てもらいなさい」

「昼間はキツくない？」

「むしろ、そういう話なら昼間しなきゃ意味ないでしょ？　それに相手は子供連れなんだから昼間の方が会いやすいでしょうしね」

千鶴《ちづる》ちゃんに気を遣《つか》った結果なのだろう。

まあもともと千鶴ちゃんは、先生が父さんと話している間、俺が別室で面倒見るつもりだったからありがたいけど。

「それと、海斗がゴールデンウィーク戻ってくるらしい」

「あら？　そうなの」

「うん。あと先生、海斗にも会いたいって言ってたんだけど……」

「海斗に会う？　あらあら、随分と勇敢ですこと」

いつも毒舌を聞いている父さんからの反応はそんな感じだった。

「まあ、海斗がいいと言うなら一緒に会いましょう。話の間は健斗が相手のお子さんの面倒見るのよね？」

「まあね。兄妹くらいのレベルには仲良くなったからね」

「あらそう、将来の孫の顔をこんなに早くに見れるとは思わなかったけど……その前にあなたには言っておくわね」

そう言ってから父さんはえらく真剣な表情を浮かべた。

「私はあなたの先生をまだ疑ってる。だからもし気に入らなかったら、ちゃんと言いたいことは言うけど……反対をするつもりは今のところないから」

「そうなの？」

「ええ、合意の上でなら私は特に何も言わないわ。あなたが嫁《とつ》ぐと決めたなら私はその意志を尊重するわ」

あの……父さん父さん。

シリアスな顔で言ってるけど、嫁ぐって字的には嫁入りに使う表現じゃないの？

まあ、俺としては婿入《むこい》りするのだろうから、間違ってはないのかもしれないけど……

「とにかく、わかった。先生と海斗にも話をしておく」

「お願い。ところで健斗……あなたは先生に、母さんのことは話したの？」

その言葉に俺は少しだけドキリとしてしまうが……誤魔化せないので正直に答えた。

「何も言ってない」

「向こうは母さんが死んだことは知ってるでしょう。でも、それ以上のことは何も知らないはずよ」

「……わかってる。必要なら話すよ」

「あなたが本当に先生のことを好きなら……あなたはきっと母さんにも向き合う必要があるわ」

「向き合うって……片時も忘れたことはないよ」

ベッドで微笑む母さん。

いつも穏やかで、怒ることはなかった母さん。

一緒にいれば安心するし、ずっとこの人の笑顔があると思っていた。

だけど……

「私はあなたみたいに強くないから女になることで逃げた。でも、あなたはそれらを受け止めた上で自分が代わりになろうとした」

「そんな大層なことは……」

「そして──あなたは自分に嘘をついた」

ドキリとする。父さんは少しだけ表情を和《やわ》らげると言った。

「ねぇ、健斗。私にも海斗にもぶつけられないなら……あなたの本心は誰が受け入れてくれるのかしらね」

「それは……」

「本当にあなたが先生のことを好きになったなら、そういう部分もいずれ明かす必要がある。それだけは覚えておきなさい」

「……わかった」

「なんて、余計なお世話かもしれないけどね」

そんな風にしていつもの父さんに戻ったが、俺はしばらくその言葉に悩んでしまうのだった。

※　※　※

ああ、またこの夢か。

そんなことを思う。

母さんの冷たくなった遺体の前で涙を流す父さんと、俺にしがみついて泣く弟の姿。

それらの姿に胸が締め付けられる。

でも、俺には何もできない。

だって、これは過去の夢だから。

記憶に干渉《かんしょう》することなんて不可能だから。

だから俺はただ見守ることしかできない。

昨日までは確かにあったはずの温《ぬく》もりが嘘のように母さんの手からは温もりが消えていた。

昨日病室で撫《な》でられたはずの頭の感触がやけに空虚に感じていた。

初めて体験した大切な人の死に……しかし、俺は涙すら浮かべてなかった。

これは俺の罪。俺が犯した大罪。

この時に、俺は大きな嘘を自分についた。

決して許されない嘘だ。

……だからだろうか？　その罪を忘れないためにこうして何度も夢に見る。

立ち止まることは許されない。強く生きろと言われたから。

二人を頼むと言われたから、だから気持ちを偽《いつわ》って俺は二人を優しく抱きしめる。

もう、何度見たかわからない光景だ。

普段は眠りが浅いのでそうそう見ることもないけど、少し深く眠るとすぐそうして夢に見てしまう。

きっと、忘れるなと誰かに言われてるのだろう。

いや、あるいは、自分の原点を忘れないためなのかもしれない。

原点……俺はこの時から二人を守れる、家を守れる存在に憧《あこが》れた。

なんでもできて、家族を守れる存在。

大黒柱じゃなくていい。

小さなサポートでいい。

母さんの代わりに、家族の笑顔を守れる存在。

そしてできるなら……父さんみたいに、仕事を楽しむ人を陰から支えたい。

子供に寂《さび》しい思いをさせないくらい安心できる存在になりたい。

こんな嘘つきを愛してくれる人なんていないかもしれない。

体《てい》よく使われて捨てられることもあるかもしれない。それでもいい、少しでも役に立てるならそれでいい。そう……思っていたんだ。

『健斗』

ああ、やっぱりだ。

名前を呼ばれるだけで心が安らぐ。

あの人に出会ってから……俺は時々想像してしまう。
彼女と、あの子と歩む未来を。
……母さん、俺、いいのかな？
あの人と幸せになってもいいのかな？

20 初日は公園

ゴールデンウィーク初日。

土曜日の本日は、先生が部活で学校へと行っているので、俺と千鶴《ちづる》ちゃんのみだ。

前なら千鶴ちゃんが可哀想な状況だったが、今は……

「ふんふんふーん♪」

「千鶴ちゃんお待たせ」

「うん！」

玄関で待っていてくれた千鶴ちゃんにそう言うと、嬉しそうに頷《うなず》く。

うん、やっぱりかなり慣れてくれたようで嬉しい。

本日は近くの公園まで二人で出掛けることになった。

そしてそれ以外に嬉しい変化は——

「よし、行こうか千鶴ちゃん」

「うん、おにいちゃん！」

──そう、千鶴ちゃんが俺のことを『お兄ちゃん』と呼んでくれるようになったのだ。

お父さんまでの道のりは遠いが、それはあと一年以内になんとか達成したい。

まあ、対外的な周りの人には、この呼び方の方が違和感ないしね。

そんな風にして近所の公園へと向かう。

あまり大きくはないが、子供が遊ぶには十分な広さの公園。

砂場に、ブランコ、シーソーに滑り台、鉄棒、あとはタイヤが半分埋まってるように見える跳び箱。

なんとも懐《なつ》かしい光景に思わず微笑むと、千鶴ちゃんが首を傾《かし》げた。

「おにいちゃん、どうかしたの？」

「なんでもないよ。そういえば千鶴ちゃんは公園では何で遊ぶの？」

「えっと、すなでとんねるつくったり、たいやのうえにすわったりするの」

なんとも可愛いが、タイヤの使い方を間違っているのは黙っていよう。

にしても砂遊びか……やったのはいつ以来だろう。

そもそも高校生になると、公園という場所はリア充の暇潰《ひまつぶ》しスポットという印象が強くて、あまり行かないからな。

「おにいちゃん、いこう」

「ん？　うん、そうだね」

俺は千鶴ちゃんに手を引かれて公園に入る。

午前中だからか公園にはあまり人はいなく、ほとんど貸し切り状態だった。

「とんとん、とんとん」

砂場に着くと千鶴ちゃんは一心不乱に砂山を作りはじめた。

あまりにも真剣なので手を出すのは無粋《ぶすい》かと思ったが、見守ってるだけというのも寂《さび》しいので手伝うことにする。

そうしてしばらく格闘すると、千鶴ちゃんお手製のトンネルが出来上がった。

「こんなにはやくできたのはじめて」

「そうなの？」

「うん！　ありがとうおにいちゃん」

嬉しそうに笑う千鶴ちゃん。

少しでも役に立てたならよかったと思っていると、千鶴ちゃんがふと、視線をブランコに向けてからポツリと言った。

「ぶらんこ……」

「やりたいの？」

「……うん」

「それじゃあ、やろうか」

「……うん！」

そうして次はブランコへと向かう。

久しぶりに見るブランコというのは意外と小さく感じるが、俺が大きくなっただけなのだろう。

「じゃあ、いくよー」

そう言って、千鶴ちゃんの背中を優しく押す。

キーキーという音をたてながら、ブランコに乗った千鶴ちゃんが行ったり来たりする。

「あははは！　たのしい！」

無邪気にはしゃぐ千鶴ちゃん。

こんなに純粋に反応されると、こちらも嬉しくなる。

そんな風にして、午前中一杯は千鶴ちゃんと公園で遊ぶのだった。

※　※　※

「んー……」

「あれ？　千鶴ちゃん眠いの？」

公園から帰ってきて、昼御飯を食べてからしばらくして、千鶴ちゃんが眠そうにしているのでそう聞く、とこくりと頷く千鶴ちゃん。

「なら、布団でお昼寝しようか」

「うん……」

そう言って千鶴ちゃんは俺のところまで歩いてくると、どういうわけか俺の膝《ひざ》の上に頭を置いて横になった。

しばらくして千鶴ちゃんの健《すこ》やかな寝息が聞こえてきたので、俺は動けないことが確定した。

「千鶴ちゃん」

「すー……すー……」

「ダメか」

まあ、寝てしまったのは仕方ないので、起きるまでこのままでいるしかないが……それまで暇だな。

「勉強でもしようかな」

そう思ってテキストを取ろうとするが、ギリギリ手が届かない。

うん、膝を浮かせば届くかもしれないけど、流石《さすが》にそれで千鶴ちゃんが目を覚ましたら可哀想なので自重する。

しかしそうなるとできることは限られるな。

（そういえば……こうして誰かに膝枕するのは久しぶりかもしれない）

小さい頃は弟の耳掻《みみか》きをする際にしてたりしたが、弟以外にこうして膝枕するのは初めてだ。

ん？　初めて……

（あ、これアカンやつか）

前に千鶴ちゃんと手を繋《つな》いだ時に、先生が少なからず嫉妬《しっと》を抱いていたことを思い出して、やらかしてしまったことを自覚する。

これは今度先生にも膝枕しなきゃいけないのかなぁ。

でも俺の膝枕なんて気持ちいいのかな？

男の膝枕って人にもよるけど硬い印象が強いから、あんまり気持ちいいとは思えないが……好きな人なら別なのかな？

「俺も膝枕されてみたいものだ……」

膝枕なんて、生まれてこのかたされたことが一度もないので、少しだけ憧《あこが》れる。

先生の膝枕か……あれ？　そういえば前にご褒美《ほうび》に膝枕をねだったらオーケーしてくれたような気がする。

その約束をまだ果たしてもらってないが……ゴールデンウィーク中には叶《かな》えたい目標にしよう。

「うぅん……」

むにゃむにゃしながら眠る千鶴ちゃん。

頭を撫《な》でてあげると、安堵《あんど》したように寝息をたてるのでそんな姿も可愛く思える。

(やっぱり子供は可愛い)

いずれはこの子の父親になりたいと心から思う。

自分の子供として育ててあげたい。

一緒に家族としての時間を過ごしたい。

先生の子供だからだけじゃない。

この子を自分の家族にしたいという気持ち。

たとえ血が繋がってなくても本当の家族になりたいと心から思う。

(そして、結婚式で号泣したいものだ)

いい人を見つけて幸せになってほしい。

父親としては複雑な気持ちになるけど、でも心から幸せだと思える場所にいてほしいと思う。

そんな風に未来に思いを馳せながら俺は千鶴ちゃんの寝顔を眺めるのだった。

21 晩酌と膝枕

「なるほど……それで今日晩酌《ばんしゃく》に付き合うって言いだしたのか」

夕飯のあと、千鶴《ちづる》ちゃんを寝かしつけてから俺は先生の晩酌に付き合って今日の報告をしていた。

当然千鶴ちゃんが膝枕《ひざまくら》で寝た経緯《いきさつ》も話すが、意外にも先生は落ち着いていた。

「ま、ちーちゃんがお前に懐《なつ》いたのはいいことだ」

「あの……怒らないんですか？」

「怒ってほしいのか？」

「いえ、多少の嫉妬《しっと》があれば嬉しいなくらいの気持ちです」

「正直な奴だな」

俺の言葉に苦笑すると、先生はビールを一気に飲んでから言った。

「正直、嫉妬はある」

あ、やっぱり。

「今日一日でお前とちーちゃんが楽しく過ごしていたことは嬉しいが、私は我が儘《わまま》な女だからな。お前の膝枕を奪われたことには思うところはある。だが……ちょっとこっち来い」

そう言われて近づくと、先生は俺を抱き寄せてから膝の上に放り投げた。

いわゆる膝枕なのだろうか？

こんな強引だとムードはないが頭を包むような柔らかな感触はすごく気持ちいいので思わず目を細めると、先生は笑いながら言った。

「聞かなくてもいいくらいに緩《ゆる》んだ顔してるが……気持ちいいか？」

「ええ、これが神の枕なんですね」

「大袈裟《おおげさ》な奴だな」

「それくらい気持ちいいんです」

そう言うと、からからと笑って先生は言った。

「こうしてお前に初めて膝枕する権利は獲得できた。体が小さいちーちゃんじゃできない初めてだから、今日はこれで満足してやる」

なるほど、確かにこれは千鶴ちゃんにはできないことだな。

もっとも、娘に膝枕とか頼むことは多分ないだろう。

そうなると、俺に膝枕できるのは先生だけの特権とも言えるのかもしれない。

まあ、先生以外の異性には頼めないだろうし、この心地よさを知ってしまったら、先生以外では絶対に満足できないと断言できるくらい、素晴らしいものだと思えた。

でもまあ、モテない上に、先生一筋の俺が先生以外に膝枕を頼むことはあり得ないけどね。

そんなことを考えていると、俺はふと、気がついてしまった。

いや、正確には、その存在の圧倒的な存在感に思わず声を出してしまった。

「あの……遥香《はるか》さん。やっぱりこの枕、危険です」

「ん？　なんでだ？」

「前屈《まえかが》みにならないでください」

そうすると余計に大きなものが顔に近づく。

ただでさえ、好きな人の温《ぬく》もりでドキドキしているのだ。

それなのに、追い打ちをかけるように柔らかい感触が顔を覆《おお》うのはまずい。

上下から柔らかい感触に包まれると、思わずダメになりそうなくらい心地良かった。

でも、同時にドキドキで俺が持ちそうにないとも思えた。

胸が大きいと膝枕の特典にこんなものがあるとは知らず、俺は今さら軽く後悔をするが、先生はそれをわかったのか意地悪そうに笑って言った。

「照れてるのか？　今さら胸が当たるくらいで大袈裟だな」

「そりゃそうですよ……」

好きな人の胸ですもの。

ドキドキしない方がおかしいですよ。

「はいはい。にしてもお前の初《うぶ》さはヤバいな。それで初体験大丈夫か？」

「心の準備に一年近くあるので大丈夫ですよ」

「そっか、にしてもなんかお前、今朝《けさ》から変じゃないか？」

その言葉にギクリとしそうになるが抑えて言った。

「そんなことないと思いますよ？」

「いや、なんというか悩んでるような顔をしているからな」

さすが教師。わかるものなのだろうか？

「ま、なんだ。お前には色々負担かけてるからな。なんでも言ってくれ」

「遥香さん……」

言っていいものか、しばらく悩んでから俺はポツリと言った。

「遥香さん。もし仮に俺が嘘をついていたら……どうしますか？」

「嘘？」

「ええ、凄《すご》く酷《ひど》い嘘をついてたら俺を許せますか？」

先生はその言葉にしばらく無言になると、急に立ち上がって言った。

「健斗《けんと》。ちょっと来い」

「遥香さん？」

俺は疑問に思いながらもその言葉に従うと、先生は寝室の隣の、前に絶対に入るなと言っていた部屋の前で立ち止まり、俺に言った。

「これから、私はお前に私の醜《みにく》い部分を見せる。もし嫌になったらもう来なくても構わない」

22 真実と本音

「来なくていいって……」

いきなりの言葉に呆然とすると、先生は部屋を指差して言った。

「ま、とりあえず入ってみな」

「え、ええ……」

俺は緊張で震える手で、なんとかドアを開ける。

部屋の中はカーテンがひかれており、真っ暗だがすぐにスイッチがみつかり灯《あか》りをつける。

すると……この家にしてはやけに綺麗に片付けられた部屋の中には、ベッドと本棚に、そして仏壇が置かれていた。

仏壇にはお供《そな》え物と優しそうな男の人の遺影があった。これは……

「あの人が前の旦那さんですか？」

「……ああ、真波和也《まなみかずや》。私の前の旦那で、ちーちゃんの実の父親だ」

「そうですか……」

わかっていたことだが、なんとなく前の旦那さんに嫉妬《しっと》を抱いてしまう。

情けないなぁ……わかってたことなのに。

そんな俺に構わずに先生は言った。


「旦那……和也を殺したのは私だ」


「……え？」

その言葉に思わず先生を見ると、悲しそうな表情をしていた。

「直接殺したわけじゃない。間接的に殺したのが私なんだ」

「……話してください」

俺がそう言うと先生はこくりと頷いて言った。

「私と和也は幼なじみなんだ。昔から一緒にいてな。一時期私がイジメを受けていた時に助けられて告白したんだ」

「遥香さんが苛めを？」

「笑うだろ？　でも、私がこうして教師をしているのは、あの時の苦しさをもう誰にも味わわせたくないからなんだ」

「そうなんですか……やっぱり遥香《はるか》さんは凄《すご》いです」

「ま、過去のことを引きずってるだけさ」

そう笑ってからまた悲しそうな表情で言った。

「和也は両親が早くに亡くなってな。恋人でも友人でもとにかく人と繋《つな》がりを持ちたがったんだ。だから好きでもない私と付き合って、結婚までしてくれた」

「好きでもないって……」

「馬鹿だろ？　向こうからの好意が偽物《にせもの》だって知ってたんだ」

偽物か……

「それでも和也のことが好きで結婚できて幸せだった。ちーちゃんを身籠《みごも》って絆《きずな》が強くなったと思ったよ。だが……あるときにそれは消えた」

ふと、表情を消して先生は言った。

「……事故で和也は両足が動かなくなったんだ。なんてことない交通事故だった」

「交通事故……」

「そこから和也は豹変《ひょうへん》した。それまでの笑みは全部消えて常に苛立《いらだ》った態度になった。きっと、そこで病院に任せておけばよかったんだろうな……愚かにも私は自分が和也の看病をすると言ったんだ」

「……この部屋でですか？」

その言葉に頷《うなず》いて言った。

「くだらない独占欲だよ。和也を他の誰かに渡したくないという気持ちから、私は自宅で和也の看病をはじめた。ちーちゃんの面倒を見ながらな」

「遥香さんが家事を？」

「無論できるわけないさ。それまで全部和也に任せていたから、家電の使い方すらまったくわからかった」

なるほど……だから、あんなにいい家電が揃《そろ》ってたのか。

「だから洗濯は近くのコインランドリーに行き、ご飯は惣菜《そうざい》や弁当を買ってきた。そんな生活をしていたからか……和也は徐々に壊れていったんだ」

「壊れて……」

「その本棚の本の後ろを見てみな」

そう言われて本棚に近づく。哲学書や小説などが並んでいるその後ろに何かが隠されているのを見つけ、取り出して……絶句した。

「遥香さん、これ……」

「歪《ゆが》んだ欲望ってやつかな。それでもまだマシな部類なんだ。実際あと一歩で本物の薬物を取り寄せそうになっていたからな」

「そんな……」

本棚の裏にあったのは、言葉にするのも憚《はばか》られる書物と注射器などだった。

それらの持ち主がまともな精神状態でなかったのは明らかだった。

俺が絶句する中で、先生はさらに続きを話した。

「正直、話すのも躊躇《ためら》われるくらいに和也は荒れていった。私やちーちゃんへの暴言はもちろん、一度だけだが本気でちーちゃんに暴力をふるおうともしたんだ」

「だから千鶴ちゃんは最初、あんなに怯《おび》えていたんですか……」

「そうだ。だが、それでも私は和也と一緒にいたかった。だからちーちゃんを守って和也の世話をしていたが……それも限界がきた。その日、いつもより穏やかな和也の変化に私は嬉しくなって色々話したよ。少しだけど以前の和也に戻ったってね。でも……」

そこで先生は言葉を発するのに躊躇《ちゆうちよ》してから言った。

「次の日、和也は自殺した」

「……！」

「どうやったのか本気で疑問だったが、隠していた縄で首を吊って死んだよ」

よく見ると、先生は小さく震えていた。

立ってるのも辛《つら》そうで……見ているこっちも苦しくなってくる。

先生はぎゅっと目を瞑《つぶ》ってから、さらに続けた。

「私が自分で面倒を見ると言わなければそうはならなかった。私の独占欲が和也を殺したんだ……！」

「それは違います！」


その言葉に、俺は思わず遥香さんの手を握って言っていた。

「遥香さんのせいではありません！　絶対です！」

「……私のせいだろ？　私が和也を追い込んだから和也は死んで――ん！」

遥香さんに言葉を全部言わせなかった。


何故なら……俺が遥香さんにキスをしたからだ。


初めて味わう遥香さんの唇の柔らかさは、とてつもなく心地良かった。

キスなんて生まれて初めてだったが、それでも夢中で求めていた。

だって、本当に遥香さんは悪くないと思ったから。

たとえ、結果としてそうだったとしても、たとえ遥香さんがそう思っても、俺だけは違うと言う。

遥香さんの気持ちが間違いだったなんて悲しいことありえない。

だって、俺は知ってるから。

短期間でも、遥香さんのことを知ってるからこそ、断言できる。

だから、俺はその気持ちを込めて、遥香さんの唇を奪った。

普段ならできないような大胆な行動に遥香さんは驚きつつも、目を瞑って俺のキスを受け入れてくれた。

そうして、しばらくしてから唇を離すと、遥香さんは放心していたが……俺はそれでも言いたいことを言った。


「遥香さんの気持ちは間違ってません！　好きな人のために何かするのは決して間違いなんかじゃない！」


「……空回りしたから間違いだろ？」

いつもより弱気な瞳に俺は目を合わせて言った。

「遥香さん。和也さんのこと好きだったんですよね？」

「それは……うん」

「なら、その気持ちも行動も決断も決して間違ってません」

ただ、何もかもがタイミングが悪かっただけだ。

間違ったとすれば、それは……

「間違っていたことがあるならそれはきっと、神様が書いたシナリオが間違ってるんです！」

「神様のシナリオ……」

「はい！」

ポカーンとしていた遥香さんは、その言葉にしばらく笑ってからいつもの表情に戻って言った。

「お前は本当に面白いな……さて、それでどうする？　こんな重い女とこれから先、一生隣にいる覚悟はあるか？」

「はい。もちろんです」

「そうか……なら最後に一つ聞いてもいいか？」

「なんでも」

「私のことは……好きか？」

その言葉に俺は笑顔で言った。

「はい。大好きです」

「そうか……私もお前が大好きだ健斗」

そう言って笑う遥香さんの笑顔はいつもより幼く可愛く感じられるのだった。

※　※　※

最初はそんなに意識していたわけではなかった。

あいつの……健斗の担任になってから、最初はどこか和也に似ていたあいつのことを気にかける程度だったが、あいつはいつも顔がいい友人に付き添うだけの影の薄い存在だった。

そんな認識が変わったのはアイツが二年に上がった時。

おとなしい男の子が転校してきたとき、本当にたまたまだった。

色々と話しかけてもあまりにも反応の悪いその転校生に苛立《いらだ》ったクラスメイトの一人が声を荒らげる前に、あいつは言った。

「ところで、明日テストだけど、皆勉強してる？」

そう言って隣のイケメンにアイコンタクトをして、見事に話を逸《そ》らすと、その生徒に小声で言った。

「話したくないなら読書とかオススメだよ」

きっと、見抜いていたのだろう。

後から知ったが、その生徒は前の学校でイジメにあっていたそうだ。

だからあまり関《かか》わりを持ちたくなかったのだと。

それからあいつに興味が湧いた。

いつもはおとなしい、成績も普通の草食系な男子。

わりと優等生の態度で教員からの評価は悪くなかった。

……ある一点を除いて。

あいつはいつも進路希望調査表に必ず『主夫希望』と書いてくる。

一年から進級して、二年になっても必ずだ。

何度注意しても同じ希望を書いてくる。

その頑固さにも驚いたが、本人は本気で言ってるようなので、なおさら驚いてしまう。

そうして、三年生になっても同じ内容の紙を出してきた時に、私は一瞬思ってしまった。

もしかしたら、こいつなら本気で私のことを受け入れてくれるのではないかと。

根拠なんてなかったが、直感的にそう思った。

あいつが家に通うようになってちーちゃんが懐《なつ》いて、いつしかあいつはなくてはならない存在になっていた。

和也のことを忘れて、こいつを本気で好きになりそうになった。

でも、それは許されないだろう。

そう思って私はあいつに全部を話した。

私が和也を殺したことを。

なのにあいつは違うと否定して言ったのだ。

『遥香さんの気持ちは間違ってません。好きな人のために何かするのは決して間違いなんかじゃない！』

いつもより強気な発言と、いきなりのキスに驚く私にあいつは言った。

『なら、その気持ちも行動も決断も決して間違ってません。間違っていたことがあるならそれはきっと、神様が書いたシナリオが間違ってるんです！』

神様のシナリオ。

笑ってしまうくらいに無責任な言葉だが、私はそれに救われた気持ちになった。

そして自分の本当の気持ちに気づいた。

だからこそ聞いた『私のことは好きか？』と。
そしたらあいつは『大好きです』と答えた。
そこではっきりとわかった。だから言った。

『そうか……私もお前が大好きだ健斗』

きっと、私はこいつに出会った時から恋をしていたのだろうと。
そして今、それが確実に愛に変わったとわかった。
だからこそ私は、こいつを死ぬまで愛そうと誓うのだった。

23

図書館のち嘘

翌日。

何故《なぜ》か昨夜から上機嫌な先生が仕事に出たあと、俺と千鶴《ちづる》ちゃんは図書館に向かっていた。

……自転車《ママチャリ》で。

「にしても……ママチャリまで持ってるとは遥香《はるか》さんどんだけだよ」

「おにいちゃん？　どうかしたの？」

「なんでもないよ千鶴ちゃん」

後ろの子供用の椅子に座る千鶴ちゃん。

昔こういうの家になくて、俺は荷台にそのまま乗って足を車輪にダイブさせてしまったのだが……そんな事故が起きないであろうこの自転車のスペックの高さに驚く。

まあ、うん結構重いんだけどね。

世の中のママさんってこれを普通に運転してるとか、マジで神がかった芸当だよね。

「千鶴ちゃん。大丈夫？」

「うん！」

「そっかよかったよ」

汗が出てくる。

おかしいな。まだ五月に入るばかりなのにこんなに汗をかくとは……体力不足かな。

うん、まあ、そんな風にして自分の情けなさを痛感しながら図書館に着くと、後ろから声が聞こえてきた。

「ちづるちゃん！」

「あ、りんちゃん！」

りんちゃん……はて、どこかで聞いた覚えがあるような。

あ、よく千鶴ちゃんの話に出てくる友達の女の子か。

りんちゃんは、千鶴ちゃんの背後に立つ俺を見て、首を傾《かし》げてから言った。

「おにいさん、もしかしてちづるちゃんのおにいさんなの？」

「そういう君は千鶴ちゃんの友達かな？」

「うん！　まとばりんです！」

「挨拶《あいさつ》できて偉いね。巽健斗《たつみけんと》です」

そう挨拶《あいさつ》をしていると、りんちゃんの後ろから先生と同じ年頃くらいのえらく色気のある女性が歩いてきた。

「凛《りん》、いきなり走ったら危ないでしょ」

「ごめんなさい。まま」

「まったく……えっと、千鶴ちゃんのお兄さんですよね。お噂《うわさ》は聞いてます。凛の母の的場律《まとばりつ》子《こ》です」

「巽健斗です。娘さんにはいつも千鶴ちゃんがお世話になっております」

そう言うとうふふと笑って言った。

「こちらこそ。本日はお二人だけですか？」

「ええ、遥香さんはお仕事でして」

「あらあらお忙しいのね」

俺と凛ちゃんママが話していると、千鶴ちゃんと凛ちゃんも楽しそうに話していた。

「きょうはね、じてんしゃできたの」

「いいなー！　わたしものってみたい！」

「おにいちゃんとはだめだよ？」

「なんで？」

「おにいちゃんはちーのおにいちゃんだから」

可愛い発言ありがとうございます！

そんな台詞《せりふ》を聞けて思わず感動するけど、どうせなら『お父さん』て言ってほしかったな。

いや、まだ早いのはわかっているけど、こればかりはどうしても思わずにはいられない。

お父さんか……そういえば、俺は先生の家庭の事情を知ってしまったんだ。

色々壮絶な話を聞いて思ったのは、やっぱりこの人達と家族になりたいというシンプルな気持ち。

でも……俺の隠していることを知ったらどう思われるか……それが少しだけ怖くもあった。

俺の心はもう決まってる。

先生と千鶴ちゃんと家族になりたい。

でも、二人はどうなんだろう……

俺のことを知って、嫌われないかと、子供みたいに怖くなっていたが……なんとか平常心で隠すのだった。

※　※　※

「おいしいねちづるちゃん」

「うん！」

千鶴ちゃんと凜ちゃんが楽しそうに食事をしている。

図書館で本を借りてから、俺と千鶴ちゃんは的場さん親子と一緒にお昼を摂《と》ることになった。

近所のファミレスはゴールデンウィークだからか、かなり混んではいたが早めに行ったおかげであまり並ばずに入れた。

「そうなのよ〜、今日もいきなり仕事だって旦那が言ってね。お昼の弁当急いで用意したの。事前に言ってほしいわよね〜」

「ですね」

そして、俺は凜ちゃんママの愚痴《ぐち》を聞いていた。

最初はたわいない世間話だったが、徐々に愚痴にシフトしていった。

まあ、奥様というのはかなりストレスが多いだろうから仕方ないが、会って間もない俺にここまで色々話していいものだろうか？

いや、まったくの他人だからこそここまでぶっちゃけた話ができるのだろうか。

「それに、旦那ったらいつも仕事優先なのよね。わかっていてもやっぱりもう少し家庭に目を向けてほしいわー」

「ははは」

愛想笑いをするが、なんとも言えない気持ちになる。

俺としてはどちらの気持ちもわからないでもないから、どっちに味方をしようとは一概《いちがい》に言えない。

働く人の気持ちも、家庭の気持ちもわかるからこそ、どっちに味方をするでもなく中立でいる。

　まあ、主夫希望としては仕事に誇りを持っているなら、それを全力でサポートするけどね。たまに家族のことを見てくれればそれでいい。

　子供のことを考えると悩みどころだけど、そこはなんとか俺が上手《うま》くやるしかないだろう。

　しばらく愚痴をこぼしてから、少しだけスッキリしたのか凛ちゃんママは話題を変えるように言った。

「そういえば、健斗くん達はゴールデンウィークどこか行く予定はあるの？」

「一応あるみたいですね。とはいえ遥香さんが何も教えてくれないので、どこに行くのかはわかりませんが」

「あら〜そうなの。うちは一応、実家に戻るんだけど黒羽《くろばね》さんはご実家遠いの？」

「どうでしょう。あんまり遠くはないと思いますが」

　というか、そういえば先生の両親とかについては、ほとんど何も知らないんだった。確か和《かず》也《や》さんと幼なじみで、和也さんの両親がすでに亡くなってるという話は聞いたけど、先生本人の家族のことは何も触れてなかったな。

　いずれ俺も挨拶に行かなきゃいけないだろうけど……和也さんとの結婚の経緯《いきさつ》を考えると、一波乱ありそうなので心の準備は必要かもしれない。

　まあ、どんな親だろうと、俺が遥香さんのことを好きという気持ちは変わらない。

あとは先生だけど……やっぱり俺も先生に本当のことを言うべきなのかもしれないと、密かに思うのだった。

昨夜、勇気を出して話してくれた先生に俺も応《こた》えたいから。

たとえそれで先生に愛想を尽かされても、言うべきなのだろうと決意するのだった。

※　※　※

「そうか、的場さんと昼食を取ったと」

その夜。

千鶴ちゃんが寝てからの晩酌《ばんしゃく》中に今日の報告をすると、先生は少しだけ不機嫌になった。

「あの……遥香さん？」

「的場さん美人だよな。その上色気もあって、年頃の男にはたまらないんじゃないか？」

「そんなことは……というか、俺は遥香さんの方が美人だと思います」

「……こんな、がさつな女がか？」

「遥香さん以上の美人を俺は知りません」

「……そうか」

少しだけ嬉しそうな表情をする先生。

ビールを一口飲んでから「それで……」と、俺に聞いてきた。

「何かあったのか？」

「何かって……」

「昨日の夜は聞きそびれたからな。今度はお前の話を聞かせてくれ」

「遥香さん……」

その優しい言葉に、俺はしばらく悩んでから観念して話すことにした。

「俺は嘘つきなんです。それもとんでもない嘘つき」

「……昨日も言ってたな。それで？」

「遥香さんもご存じだと思いますがうちは父子家庭です。俺の母さんは俺が五歳の頃に病気で亡くなりました」

「そうか」

「俺の母さんはいつも微笑んでるような優しい人でした。ベッドの上から動くことはできなくても、いつも優しくて俺は母さんが大好きでした」

病院には毎日のように通った。

家事や海斗《かいと》の面倒は、お祖母《ばあ》ちゃんと一緒に見ていた。

そうすれば母さんが喜んでくれるから。

「いつかは治ると思っていたんです。俺がいい子にしていれば病気なんて治るって母さんは言ってたんです」

本当にそうだと思って、幼い俺は必死だった。

好き嫌いも無理やり直して、精一杯日々を過ごしていた。

「もちろん幼い俺はそれを信じていました。けど……ある日のことです。突然病室に入るなと医者に言われました。多分一刻を争う事態だったのでしょう。何日もそんな日が続きました。それでも俺は毎日病室に通いました」

何日も会えなくても通って、母さんに会おうとした。

まあ、無駄足だったけど。

「そんな日が続いたある日、いつもはダメだと言う看護師さんが、今日は大丈夫だと言ったんです。中に入るといつもより元気な母さんがいて、俺は病気が治ったんだと思って嬉しくていろんな話をしました」

思い出せないくらい話したいことを話した気がする。

「母さんは俺の話に頷《うなず》くだけでしたけど、なんだか少しだけ寂《さび》しそうに俺を見ていました。そして俺が帰る前に、母さんは俺の頭に手を置いて言ったんです」

「……なんて?」

「『父さんと海斗を頼む』って。『何があっても強く生きて』って。俺はそれに頷きました」

明日も会えると思って、幼い俺は深く考えずに病室を出た。

「そして翌日 ― 母さんはこの世を去りました」


今でも覚えてる。

いつもと変わらず安らかに眠っているような母さんの遺体。

だけどその手からは温《ぬく》もりが消えていたことに。

「父さんはショックで食事も喉《のど》を通らない様子でした。仕事も休んで母さんの仏壇の前で脱け殻《がら》のように過ごす毎日。海斗は幼いながらも母さんの死を悲しんでました」

「お前は？」

「俺はお祖母ちゃんに付き添って、母さんの葬式の手配をしたり二人の面倒を見たりしました。とにかく必死に俺は働きました」

そうしないといけなかったから。


「そして ― 俺は自分に嘘をつきました」

大きな嘘を。自分が壊れないように嘘をついた。

「『悲しくない』そう、自分に嘘をついたんです。何故なら俺は母さんに強く生きろと、二人を頼むと言われたから」

それはつまり、母さんの代わりに二人を守るということだと思った。

「だから俺は母さんの葬式の時も、火葬も、その後も母さんのために涙を流しませんでした。やがて、父さんは仕事を辞《や》めて女装趣味に走りました。母さんのことから逃げるように女装の道に行ったんです」

「……そうか」

「そんな父さんを海斗は恨《うら》んでます。俺に家族のことを全部押し付けて逃げた卑怯者《ひきょうもの》だって」

実際、そうしなければ父さんは壊れていたから仕方ないと海斗には言ってるんだけど……なかなか納得はしてくれない。

「でも、本当に卑怯者なのは俺なんです」

そう言って、俺は先生から視線を逸《そ》らすと続けた。

「母さんのために涙を流すことすらしなかった嘘つきの俺が一番卑怯者なんです。母さんが死んだのに何事もなかったように当たり前に接する俺が一番最低なんです」

「お前は……自分が許せないのか？」

「当たり前です。家族のために涙も流さないような冷血漢。こんな俺を誰が許してくれますか？　俺は最低のクズなんです――」

と、言いきらないうちに俺は先生に黙らされた。

昨日のお返しとばかりに、舌まで絡《から》めてくる不意討ちのキスに俺が唖然としていると、先生は俺を抱き寄せて優しく抱き締めながら言った。

「よく頑張ったな。お前は偉いよ」

「……！　なにを言ってるんですか……俺は……」

「お前は嘘つきかもしれないが、そんなことは関係ないよ。じゃあ聞くが、お前は本当に母親の死に何も感じてないのか？」

「……そんなわけありませんよ。本当は凄《すご》く辛《つら》いです」

何年も経《た》った今でも割りきれないくらいに、夢に見るほど辛い。

「なら、お前は優しい奴だよ。だから……私の前では本心で話してくれていい。お前が昨日、私を受け入れてくれたように私もお前を受け入れてやるから」

その言葉と温もりに我慢の限界がきた。

俺は……思わず涙を流しながら呟《つぶや》いていた。

「なんでだよぅ……なんで死んだんだよ母さん……！」

「うん」

「俺が頑張れば治るって言ってたのに、なんでだよ……！」

「うんうん」

「遥香さんは……俺とずっと一緒にいてくれますか……？」

「当たり前だ。死ぬまで離さないと約束するさ」

「うん……」


子供のように、遥香さんの胸の中で泣く俺。

みっともないとか、恥ずかしいとか考える余裕もなかった。

そうして ― 俺は初めて遥香さんの前で涙を流して泣いたのだった。

それで、俺はきっと心が決まったんだと思う。

無意識に、遥香さんに見せないようにしていた愛情のリミッター。

それを、優しく解き放って、解きほぐしてくれた遥香さん。

俺は……あなたのことが好きです。

※　※　※

初めて見る健斗《けんと》の泣き顔。

長年の我慢を吐き出すようなそんな姿に私は、どうしようもなく胸が締め付けられていた。

もっと早くに出会えていたら ― そんな今更なことを考えてしまう。

ずっと一人で母の死と家族を守ることを頑張ってきたのだろう。

嘘つきだと自分を責める健斗に、違うと私は言いたい。

お前は何も悪くないと。

でも、言葉でそれを言っても意味はない。

だから、私はこれから行動で示す。

もう絶対、健斗を悲しませない。

ずっと傍《そば》にいると誓うのだった。

昨日、コイツが私を受け入れてくれたように、私も健斗を受け入れる。

もう、絶対に離さない。


「健斗……好きだぞ」


優しく抱き締めてそう言う。

我慢なんてしない。

私はこの気持ちを全力で健斗にぶつけることにする。
そして——卒業したら絶対に私のものにするのだ。

24 家族旅行

「おい健斗《けんと》。せっかくのお出掛けに、なんで顔を覆《おお》ってるんだ？」

「すみません。しばらく放置でお願いします……」

翌日。

仕事が休みの先生が車を出して、俺達は出掛けていたのだが……隣に座る俺は先生の言うように顔を覆って恥ずかしさに身悶《みもだ》えていた。

（やってしまった……先生の前で子供みたいに泣いてしまった）

昨夜、俺の心のスキマを先生に話して泣いてから恥ずかしい気持ちでいっぱいだった。

だって高校生の男が、好きな女の人の前で童心に返ったように泣いてしまったら、そうなるだろう。

いや、先生の過去を聞いたあとでは俺の過去なんて些細《ささい》なことだとはわかっているけど……

その理解がなお俺の恥ずかしさに拍車をかけていた。

ちなみに千鶴《ちづる》ちゃんは後部座席で借りてきた本を読んでおとなしくしているが……車の中で

本を読めるその三半規管の強さに、さすが先生の子供という思いになる。

「ま、何を恥ずかしがっているのかなんとなくわかるが……別に恥ずかしことではないだろ?」

「いえ、この年になって、あまりにも小さい理由で子供みたいに泣いたら誰でもこうなりますよ」

「そうか? 私は可愛いと思ったが」

ぐさりと俺の心を無自覚にえぐる先生。

「まあ、なんだ。お前が本当に優しい奴だとわかって、私は嬉しいがな」

「女々《めめ》しいの間違いじゃないですか?」

「いいじゃないか。女々しくても」

「否定はしてくれないのですね」

「まあ、聞けって」

そう言って先生は、一瞬こちらを見てから笑って言った。

「私みたいなタイプには下手《へた》に男らしいよりも、多少女々しいくらいの女子力があった方がいいからな」

ぐさりぐさり。めちゃくちゃ心をえぐられる。

「女子力は言いすぎじゃ……」

「そうか？　なんにせよ、とにかくお前は私に必要だってことだ」

「ざっくりな励まし、ありがとうございます」

なんか先生と会話していると不思議と心が安らぐから、いつもの状態に戻ってきた。

昨日のことは、俺の中でもっとも黒歴史となる事柄だろうけど……同時に、本気で惚《ほ》れた記念でもありそうだ。

好きな人の前で恥ずかしい醜態《しゅうたい》をさらす……字的には羞恥《しゅうち》プレイかな？　意味が違うだろうが、そうとしか言えない。

それにしても、昨日の先生はなんというか……えらく包容力があったような気がする。

母性というのか……これはまたさらに〝先生の夫〟というポジションが遠くなった気がするが、なんとなく昨日の先生あの母性的な姿を一生忘れられないような気がする。

「ま、なんだ。いつでも胸を貸してやるからな」

「追い討ちと、無自覚な誘惑発言やめてください」

そんな風にして昨日のことを俺は胸に刻みつつ、二人との日常を受け入れるのだった。

※　※　※

「わぁ……おっきい！」

る。

「そうだね」

喜ぶ千鶴ちゃんに微笑ましくなるが、同時にあまりの人の多さに思わずげんなりしそうになる。

本日は少し遠出して遊園地に来ていた。

しかも泊まりの予定だ。

遠出などかなり久しぶりなのでなんとなく落ち着かないが、その前にこの人の多さに慣れる必要があるかもしれない。

「さて……何から乗る？」

「ちーね、まわるおうまさんのりたい！」

「回る馬……メリーゴーラウンドのことかな？」

「うん！」

なんとも可愛いリクエストに、俺と先生がほっこり微笑むと千鶴ちゃんは言った。

「ままとおにいちゃんもいっしょ！」

「はいはい。わかったよ」

簡単に承諾《しょうだく》する先生。

やはり千鶴ちゃんに甘いなーと思ってから、俺は自分も誘われたことに気づく。

あれ？　俺も乗るの？　メリーゴーラウンドに？　この年で？　……それはちょっとなぁと

思うが、キラキラした瞳の千鶴ちゃんに無理とか言えないので、俺は観念して乗ることにした。

「ちー、ばしゃがいい！　ままもいっしょ！」

「うん、一緒に乗ろうねー」

「おにいちゃんはおうまさんにのって！」

「いいけど……俺だけ馬なの？」

「うん！　おにいちゃんはおうまさんにあうから」

てっきり千鶴ちゃんが馬に乗ると思っていたのでそう聞くと、謎《なぞ》の理由で答えが返ってきた。

うぁ……一人だけ馬とかさらにハードル高いような気が。

まあ、仕方ないので言う通り乗るが、周りは子供が多く俺と先生はわりと浮いていた。

他にもう一組、親子連れがいたが基本的にみんな外で我が子を眺めているので、それがスタンダードかとため息をつきそうになる。

音楽が鳴り、回りはじめる。

意外と速いスピードに少し驚くが、乗っているうちに少しだけ楽しくなってくる。

ちらりと先生と千鶴ちゃんを見ると楽しそうにしているのでほっとするが、しかし傍《はた》から見たら高校生が一人馬に乗っているのはかなりネタでしかないよね。

やがて音楽が終わり、回転も止まると俺は一息ついてから二人のもとに向かった。

「楽しかった？　ちーちゃん」

「うん！」

「そっか。よかったよ」

そう言うと先生は、俺を見て笑いながら言った。

「似合ってたよ白馬の王子様」

「王子というほど育ちはよくありませんがね」

どちらかといえば貧乏なので、王族のような気高《けだか》さはないと言うと先生は苦笑しながら言った。

「鈍《にぶ》い奴だな。私やちーちゃんから見たらお前はそれなりに素敵という意味だよ」

「それは嬉しいですが……柄ではないですね」

先生限定とかならいいけど……普通には名乗れなさそうだ。

「そうかな？　まあ、お前はヒロインだしな」

「いえ、そこではありませんが……」

そんな感じで遊園地巡りはスタートするのだった。

※　※　※

「た～ち～さ～れ～」

「きゃー!!」

前の客の悲鳴が聞こえてくる。

場所は変わってお化け屋敷。

何故《なぜ》子供連れでお化け屋敷に入ってるかといえば、二人から熱烈な要望を受けたからだ。

俺はこの手のびっくり&どっきり系のアトラクションはあまり得意ではないのだが……

「おっと!」

「きゃー!」

「きゃーこわーい」

最後のわざとらしい悲鳴は先生だ。

当然ながらまったく怖がってない。

ちなみに千鶴ちゃんは嬉しそうに悲鳴をあげている。

楽しんでいるのは明白だ。

「二人ともよく平気ですね」

「ん?　怖いのか?」

「いえ、怖いというよりは、こういうびっくりするのは得意じゃないというか……」

「そうか……なら、手でも繋《つな》ぐか?」

「へ?」

「ちーもおててつなぐ！」

「はい？」

何故か両側から手を取られて自由がなくなる。

「さ！　レッツゴー！」

「ごー！」

そんな二人の元気な声で俺は連行されるのだった。

その後も何度となく驚かされるが、二人は俺の反応も楽しんでいるようなので似た者親子だなぁと思うのだった。

※　※　※

「……で、なんで俺は一人でゴーカート乗ってるんだ？」

後ろから迫ってくる先生と千鶴ちゃんの車に追いかけ回されながら、俺は思わずそう呟《つぶや》く。

しかもさっきから何度となくぶつかってくるし。

こういうのが不得意な俺には、かなりのプレッシャーなのだが。

「おーい！　健斗！　もっとスピード出せよ！」

「んな無茶な……」

いとも容易《たやす》くゴーカートを乗りこなす先生。

やはり車の運転に慣れていると、こういうのは簡単に感じるのだろうか？

まあ、ゴーカートって車みたいに幅が広くないから運転は楽なのだろうけど、それでもこうして当たり前のように乗っている先生は凄《すご》いと思う。

一周終わって降りてから少しだけぐったりしていると、後ろから先生に背中を叩かれた。

「なんか疲れてるが、本物はもっと大変だぞ？」

「遥香さんが追い回さなければ、ここまでぐったりはしませんよ」

「隣のちーちゃんも楽しそうにしてたぞ？」

「まあ、それなら頑張った甲斐がありますけど……」

なんだかんだ言っても千鶴ちゃんも楽しそうにしていたならいいかな。

にしてもゴーカートに乗ったのは何年ぶりだろうか。

結構楽しかったけど、このぐったりする感じはなかなか慣れそうにないな。

「そんじゃ、次いくか！」

そんな感じで俺たちは色々なアトラクションを巡った。

もちろん千鶴ちゃんの乗れないものはパスして、それ以外で楽しめるアトラクションを巡った。混んではいたが凄く楽しいと感じたのはきっと俺だけではないだろう。

25 観覧車

「あれ?」

観覧車で外の風景を眺めていると、何やら隣からの重みを感じて、そちらを見れば千鶴《ちづる》ちゃんが寝息をたてて眠っていた。

「千鶴ちゃん寝ちゃいましたね」

「疲れたんだろう。観覧車から降りたらホテルに直行だな」

「ですね」

その言葉にしばらく会話がなくなる。

やがてそんな静寂《せいじゃく》を破るように先生は聞いてきた。

「楽しかったか?」

「ええ、とても」

「ならよかった」

「遥香《はるか》さんはどうなんですか?」

「私か？　そうだな……これまでのどの外出よりも一番楽しかった。多分、和也《かずや》とのデートよりもな」

和也という名前に俺は少しだけ胸を締め付けられるような思いになる。

自分でもわかってる幼い嫉妬《しっと》。

そんな嫉妬を見抜いたのか、先生は言った。

「確かに私には昔和也を好きだったという気持ちがある。だけど……多分今の想いほど強くはなかったのだろうな」

「そんなことないと思いますが……」

「いや、弱いさ。一人の想いだけでは足りない。お前とちーちゃん、そして私。三人の想いがあってこそ成立する。そして、私とお前の子供もそのうちその輪に入るだろう」

俺と先生の子供。そう言われて俺は思わず先生を見た。

「それって……」

「なに、将来の話さ。お前が来年卒業したら、私とお前は教師と生徒という立場から解放される。そうなればお前は私と結婚できるだろう？」

「さらっと言いますね」

「まあ、簡単な話だったんだよ。それより、お前にお願いがあるんだ」

「なんです？」

「お前の名字を私とちーちゃんにくれ」


その言葉に思わず目を丸くしてしまうが、先生は真剣な表情で言った。

「もちろん卒業して私と結婚する意志があればだ。ま、拒否権はないがな」

「でも、いいんですか？　俺が黒羽《くろばね》の姓を名乗ってもいいんですよ？」

「いいんだよ。私はお前と家族になりたいんだ」

嬉しいその言葉に俺は笑いながら言った。

「なら、遥香さんは巽《たつみ》遥香になりますね」

「ちーちゃんは巽千鶴だ」

なんとなくだが、二人が俺と同じ姓というのは家族に近づいた気がして嬉しくなる。

こんな些細《ささい》なことでも嬉しくなる自分のチョロさを笑いたくなるが仕方ないだろう。

「ただし、来年結婚するまではプラトニックな関係は変わらないぞ？　覚悟はあるか？」

「元からそのつもりです。第一俺は先生と心を通わせてからそういう行為をしたいので、まったく問題はありません」

「乙女だなぁー」

「それは違います」

そんなやり取りをして夕陽の中、観覧車からの景色を楽しむのだった。

なお、千鶴ちゃんはこの後俺がおんぶしてホテルまで連れていったのは言うまでもないだろう。

※　※　※

「あの……遥香さん」

「なんだ？」

「ホテルの代金持ってもらえるのはありがたいんですが、俺の部屋は？」

「ここだよ」

「では遥香さんと千鶴ちゃんの部屋は？」

「ここだよ」

部屋には大きめのダブルベッドが一つだけ。

そして先生が取った部屋も一つだけ。つまり……

「同室の上に同じベッドってマジですか？」

「なんだ。いつもちーちゃんを寝かしつけるときに添い寝しているから大丈夫だろう？」

「そういう問題ではなく……」

「ん？　なんだ。もしかしてお前が私を襲う心配をしてるのか？　それとも私がお前を襲う心配をしているのか？」

「両方ですが、後者なら嬉しいですね……」

そう答えると先生は笑いながら言った。

「安心しろ、卒業まではお前は清らかな体だよ」

「若干《じゃっかん》がっかりですがわかりました。でもさすがに同じ部屋で、しかもベッドも同じというのは……」

「ま、これも花嫁修業だと思って諦《あきら》めてくれ」

「いや、花嫁ではないですが……はぁ、わかりました」

仕方ないので千鶴ちゃんをベッドに寝かしつけてから一息つく。

「にしても、随分いいホテルですね。高いんじゃないですか？」

「そうでもないさ。それより夕飯だが……ちーちゃんは寝てるし、近くで何か買ってくるが何がいい？」

「俺が行きますよ。遥香さんは休んでてください」

「そうか？　なら頼む。あまり遅くなるなよ」

それを聞いてから俺は近くのコンビニをスマホで探すが……この辺あんまりないのか結構歩かされることになった。

そうしてなんとかたどり着いたコンビニから帰ってくる頃にはすでに八時を過ぎており、俺はため息をつきながら部屋へと戻った。

「おう、随分遅かったな」

「すみません。コンビニ遠くて……パンとか色々買ってきたので食べましょう」

「おう。にしてもこういう雑な食事は久しぶりだ」

「そうですか？」

「ああ。最近はお前がいつもご飯を作って待っててくれるからな」

そう言いながらパンを食べる先生。

しかし少しだけ不満そうな顔をしていた。

「俺のと交換しますか？」

「いや……なんかお前のご飯より美味《うま》くないからついな」

「煽《おだ》てても何も出ませんよ？」

「事実を言っただけだよ」

「そうですか」

澄ました顔でパンを食べるが、少しだけ嬉しかったことは隠せなかったようで、先生はそれを見抜いたかのように言った。

「さて、明後日《あさって》はいよいよの決戦だが……準備はいいか？」

「決戦って、ただ父さんと弟に会うだけですよ?」

「私は明後日、お前をもらいに行くんだ。決戦だろ?」

「そうなんでしょうか……?」

なんとなく納得できずにいると先生は笑って言った。

「なに、ちゃんとお前を花嫁としてもらえるよう頼むさ」

「花嫁扱いはマジ勘弁です」

そんな風にして、お腹《なか》をすかした千鶴ちゃんが起きるまで無駄話をするのだった。

26 決戦当日

遊園地をエンジョイしてからさらに翌日。

その日は俺の家族と先生が話す日だ。

二人を連れて自宅に戻ると、いつも通り女装している父さんと隣に久しぶりに見る弟の海斗《かいと》がおり、まずは父さんが言葉を発した。

「おかえり健斗《けんと》。お久しぶりですね黒羽《くろばね》さん。それとあなたが娘の千鶴《ちづる》ちゃんね。私は健斗の父親の巽恵《たつみけい》よ」

「……巽海斗。弟です」

「お久しぶりです巽さん。はじめまして海斗くん。黒羽遥香《はるか》です。そして娘の……」

「ちづるです……」

人見知り全開の千鶴ちゃんに思わず微笑んでから俺は言った。

「海斗久しぶり。元気そうでよかったよ」

「うん。兄さんも元気そうで何よりだけど」

ちらりと視線を先生に向けてから海斗は言った。

「兄さん。本当に騙《だま》されてるわけじゃないんだよね？」

「大丈夫だよ。それにそれを含めて父さんと判断すればいい」

「……わかった。先に部屋に行ってる」

そう言って海斗は部屋に向かった。俺は先生と視線を合わせて言った。

「予定通り千鶴ちゃんは俺が面倒見ておきますので、遥香さんは父さんと海斗の相手を頼みます」

「ああ。わかってる」

「よし、じゃあ千鶴ちゃん。俺の部屋で本読もうか」

「うん！」

その言葉で俺は千鶴ちゃんを自分の部屋へと案内するのだった。

「ねえ、おにいちゃん」

「なんだい？」

「ままだいじょうぶなの？」

部屋で本を読んでいると、そんなことを聞かれる。

やはり子供なりに思うところがあるのだろう。

俺は千鶴ちゃんの頭を撫《な》でて言った。

「大丈夫だよ。千鶴ちゃんはなにも心配する必要はないよ」

「そうなの？」

「うん。千鶴ちゃんのママは強いでしょ？」

そう聞くと元気に頷《うなず》く千鶴ちゃん。

「うん！　ままはすごい！」

「なら大丈夫だよ。きっとね」

俺だって何の不安もないわけではないが、俺には千鶴ちゃんの面倒を見るという役目がある。だからそれをきちんとやるべきだろう。

下では今も先生と父さん、海斗が話しているのだろうが、俺には何もできないので事のなりゆきに身を任せるしかない。

歯がゆい思いはなくはないが、きっと先生は大丈夫だと信じている。

俺は先生の全部をきちんと知っているわけではない。

でもあの人の理解者になるなら、これくらいのことは慣れなきゃダメだと思う。

信じて待つというのがこんなに焦《じ》れったいものなのかと初めて知った。

世の中のヒロインさん達は皆凄《すご》いよね。

「ねぇ、おにいちゃん。おひざにすわってもいい？」

「もちろんだよ」

千鶴ちゃんが甘えてくれるのは素直に嬉しいので、俺は千鶴ちゃんの相手に集中することにした。

先生を信じて……

※　※　※

「さて……大したおもてなしもできず申し訳ないですが早速聞かせていただけますか？　あなたと健斗の関係を」

そう切り出した健斗の父親である恵。

隣に座る弟の海斗は、先程から父親と遥香の双方に敵意のある視線を向けてくるが、それを気にせずに遥香は言った。

「私と健斗は結婚を前提にお付き合いをさせていただいております」

「それは健斗の合意の上でですか？」

「ええ、もちろん」

「では単刀直入に聞きます。健斗とあなたは肉体関係はありますか？」

「ないです。とても清らかな関係です」

そう答えると海斗はぼそりと言った。

「何が目的か知りませんが、兄さんを騙して楽しいんですか?」

「騙すですか?」

「バツイチってことは一度離婚してるんでしょ? なに年下が好きな色狂いのババアなの?」

「こら、海斗。言い過ぎよ」

「ちっ、うるせーよクソ親父。兄さんに全部押し付けて逃げたくせに今さら親父面《づら》するなよ」

そう言ってから海斗は立ち上がると、遥香に背を向けて言った。

「さっさと兄さんとの縁を切ってよ。それがお互いのためでしょ」

「海斗くんだったね。君はお兄さんが大好きなんだね」

「なっ!?」

その言葉に慌《あわ》てたように振り返った海斗に、遥香はイタズラっぽい笑みで言った。

「だからお兄さんを取られるのが嫌なんでしょ?」

「なっ……そんなわけ!」

「ま、君がお兄さんのことを家族として好きな気持ちはわかる。優しいし、家事もできるし、家族のことをしっかりと考えてる」

「そんなの……当たり前だろ」

その言葉に、海斗は視線を逸《そ》らして言った。

「兄さんは、母さんが死んでからずっと僕の面倒を見てくれてた。クソ親父が仕事に逃げてる間も学校があってもずっと面倒見てくれた。だから僕は兄さんに恩返ししたいんだ」

「そうか……なら、その気持ちは本人に伝えなさい。それからクソ親父って言ってるけどお父さんがいたから生活できたことも忘れちゃダメだぞ」

遥香のその言葉に海斗は歯ぎしりしてから叫んだ。

「うるさいよ！　なんであんたがそんなに偉そうなんだよ！　どうせあんたは兄さんを弄《もてあそ》んで捨てる気なんだろ！」

「そういう人間に見えるなら仕方ない。でも、私は健斗が本気で好きなんだ」

「嘘だ！　だったら、なんで教師やってる人間が生徒に手を出すんだよ！　遊び感覚なんだろ！」

「不謹慎なのはわかってる。でも、合意の上でお互いに想い合うのは悪いことじゃないだろ？」

「……！　うるさいうるさいうるさい！　僕は認めないぞ！　なんだったら学校や教育委員会にこのことを……」

「そうして私を排除した後に健斗が君に感謝すると思う？」

「……勝手にしろ！」

その言葉に海斗は歯ぎしりをしてから背を向けてそう吐き捨てるように出ていった。

とはいえ、遥香としても少しだけ言い過ぎたかもしれないと思いつつ、あの様子だと学校や教育委員会に話すことはないだろうと一安心する。

なんだかんだで頭のいい子供だからおそらくそうした時の兄の悲しみと自分の感情を秤《はかり》にかけた結果の逃亡なのだろうと推察する。

ひとまずの敵を退《しりぞ》けてから次の敵に視線を向けると、恵はため息をついてから言った。

「息子が大変無礼なことを申したことを謝罪します。でも、あの子が健斗を本気で心配していることはご了承ください」

「もちろんです。さて、お父様としてはどうお考えなのか、聞いてもよろしいでしょうか?」

「そうね……あなたがとても聡明《そうめい》な方なのはわかります。教師としてとても優秀なのでしょう。だからこそ私は疑問なのです。そのあなたが何故《なぜ》生徒の健斗に手を出したのか」

その質問に遥香はしばらく考えてから、恵の目を見ながら言った。

「お父様は健斗の進路希望調査表の内容をご存じですか?」

「進路ですか?」

「ええ。彼は三年間、毎回絶対に『主夫』と書いていたのです」

その言葉に恵はしばらくポカーンとしたあと、クスリと笑って言った。

「本気だったのね……なるほど、それで先生は健斗と恋仲になったと? つまり誰でもよかったのですか?」

「そうですね……最初は確かに打算がありました。私は家事全般が苦手ですから。やってもらえると楽だと。でも、彼と過ごすうちに私は、本気で彼を好きになりました。ちーちゃん……私の娘を実の娘のように接してくれる彼に、私のことを理解して受け入れてくれた彼に、いつも一生懸命家族のために頑張れる彼に私は心から惚《ほ》れたのです」

　そう熱く語る遥香の言葉に恵はしばらく考えてからため息交じりに言った。

「条件が二つあります」

「伺《うかが》います」

「一つは健斗を絶対に幸せにすること。離婚なんて許しません。結婚は卒業後必ずすること。途中で別れることも許しません」

「もちろんです」

「もう一つは私のことをお義父《とう》さんと呼ぶこと。そしてあの子……千鶴ちゃんにも私が祖父であることをしっかりと承知させること。つまりあなたが再婚することをあの子にもきちんと理解させることね」

「はい。必ずやりますお義父さん」

「はぁ……まったく」

　頭をかいてから立ち上がると、遥香に向けて右手を差し出しながら恵は言った。

「どんな悪女が来るかと思ってたのに……計算違いだわ」

「いい方にですか?」

「ええ、そうよ。健斗のことをお願い。あの子は辛《つら》いことは絶対に家族には言わないから。いつも他人のことばかり気にするお人好しだから、あなたが健斗の心を守ってあげなさい」

「もちろんです」

そう言って、恵と握手をして遥香は一息ついた。

長い戦いだったように感じながらも確かな成果に頷くのだった。

※　※　※

「あれ？　終わったの？」

千鶴ちゃんの飲み物を取りに来ると、何故か台所で先生と父さんが並んで何かをしているのでそう聞くと、その声に反応して二人が言った。

「ちょうどよかった。どうやって熱いお茶淹《い》れればいいか教えてくれ！」

「ごめんね健斗。お父さんわからないわぁ」

「……はい？」

よく聞けばお茶を淹れようにも何をしたらいいか、わからないと言う。

まさかここまで壊滅的だとは思わなかったので少しだけ驚くが、俺はそれよりも二人だけしかいないことが気になった。

「海斗は部屋にいるの？　海斗なら俺のそばで見てるから最低限のことはできると思うけど……」

「あーその、なんだ、少しだけ言い過ぎてな。出ていった」

「はい？」

「ごめんね、健斗。お父さんじゃあの子を止められなくてね」

「……えっと、とりあえず話は終わったの？」

そう言うと先生は笑いながら頷いた。

「なんとかお義父さんには認めてもらったよ」

「そうなんだ……ん？　お義父さん？」

「遥香さんのことは一応認めたわ。でも、ちゃんと卒業したら結婚するのよ」

「わかってます、お義父さん」

何やら距離が縮まっているが……会ってすぐに父さんとここまで親しくなれるこの人の対人スキルの高さに改めて驚かされる。さすが教師というか……

「夕飯はどうするか決めてるの？」

「えっと、一応父さんたちの分を作ってから、遥香さんの家に戻って摂るつもりだったけど……」

「せっかくだしここで食べていったら？」

「俺は構わないけど、遥香さんと千鶴ちゃんは大丈夫かな？」

そう聞くと先生は頷いて言った。

「お義父さんからのお誘いなら構わないさ。ちーちゃんも私とお前がそばにいれば大丈夫だろう」

「なら、決まりね。遥香さんはお酒は大丈夫かしら」

「ええ、少しなら」

どうやら仲良くなったようで何よりだけど……

「あんまり飲み過ぎちゃダメですよ。遥香さんも父さんも」

「いいじゃない、この仕事になってからこうして普通の女性とは飲まなくなったんだから。ましてや息子の嫁なのよ」

「あまり固いこと言うな健斗」

「わかってますけど、それでもお酒はほどほどにしてください。飲むなとは言いませんが、今日は千鶴ちゃんもいるんです。あんまり明るいうちから大人がだらしない姿を見せるのは、千鶴ちゃんの教育上よくありませんから」

そう言うとしぶしぶ納得する大人二人。

そういえば父さんがこうして家で誰かと飲むのは本当に久しぶりかもしれない。

それこそ幼い頃にお祖父《じい》ちゃんが父さんと飲んでたのが最後か……まあ、どのみち二人のおつまみと皆のお昼、あと千鶴ちゃんのデザートを作る必要があるだろうと、俺は行動することにした。

※　※　※

「へぇー、お義父さんもあそこ行ったんですね」

「ええ、昔妻と二人で、健斗が生まれるかなり前にね」

ビールを飲みながら、二人で楽しそうに会話をする先生と父さん。

「千鶴ちゃん。美味《おい》しい？」

「うん！　おにいちゃんのごはんがいちばんおいしい」

「そっか、嬉しいよ」

そしてこちらは千鶴ちゃんと一緒に楽しく食事をする俺。

海斗は早々に居間を出ていってしまったので、後でゆっくり話したいものだが、それより今は千鶴ちゃんをこの場に一人残しとくわけにはいかないので、そばで見守っている。

まあ、先生も父さんもさすがにセーブして飲んでるだろうが……

「あはは、お義父さんそんなに男に告《コク》られたんですか」

「ええ、この格好だと凄くてね、店のお客さんはわかってて告白してくるけど、街中でのナンパなんてしつこくて現実を突きつけるまでなかなか引いてくれなくてね」

「そうなんですかー」

「私は、そういう遥香さんもおモテになるんじゃないかしら？」

「そういう気配があればすぐに関係を絶ちますからあんまりないですね」

その言葉に少しだけホッとする。

しかしこうして敬語で話す先生は初めてだけど、なんだか新鮮でいいな。

そんな俺の気配を読んだのか先生は言った。

「健斗のお陰で最近晩酌《ばんしゃく》が前より楽しいんですよ」

「そう、昔は私の晩酌に付き合ってたわね。眠そうにしながら」

「仕方ないでしょ。一日頑張った後で、晩酌の相手はかなり子供には辛かったんだから」

「そうね。最近は帰ってからか、お店で飲んで満足するからしない時もあるけど……たまにはこっちにも付き合ってもらおうかしら」

そう言われて驚くが、俺はそれに苦笑しながら答えた。

「父さん、酔うと面倒だからなぁ」

「まあ、酷《ひど》いわね。遥香さんはよくて私はダメなの？」

「遥香さんは酔ったら可愛くなりますから」

「ん？　それじゃあ、今は可愛くないのか？」

「もちろん可愛いと言いたいですが、普段は凛々《りり》しいですから。可愛い担当は千鶴ちゃんですね」

そう言うと千鶴ちゃんはきょとんとしてから聞いてきた。

「ちー、かわいいの？」

「うん、凄く可愛いよ」

「えへへ、そうなんだ」

嬉しそうに笑う千鶴ちゃん。

うん、やっぱり千鶴ちゃんは可愛い。

父親目線でそう思う。将来先生みたいな美人さんになるなら、今からもっと色々教えておくべきだろうという俺の思考を読んだように先生は言った。

「本当に妬《や》けるくらいにちーちゃんのことも大切にするよな」

「遥香さんも大切ですよ。ジャンルが若干《じゃっかん》違いますが」

「なら、私はなんだ？」

「異性としての好きですよ。知ってて聞くのはズルいですよ？」

「大人は皆ズルいのさ」

そんな風にして先生と話す俺を、父さんがえらく優しい瞳で見ていたのはなんとなく察していたが言えなかった。きっと恥ずかしかったのだろう。

※　※　※

「海斗、やっぱりここにいたか」

「兄さん……」

寝てしまった千鶴ちゃんを別室に移動してから、俺は海斗のもとへと来ていた。

案の定自室ではなく、縁側に座っていたので苦笑してしまう。

「よくここにいるってわかったね」

「当たり前だよ。何年お前の兄をやってると思うんだ」

「死んだ母さんよりも長い時間だよね」

そう軽く微笑んでから海斗の隣に座って、宙を見上げる。

雲もなく、綺麗な夜空だ。

「ねえ、兄さんはあの人と結婚するの？」

「高校を卒業したらな」

「そっか……そうなったら、俺は兄さんの弟じゃなくなるのかな？」

そんなことを聞いてくる海斗。

なんとも不思議な質問に俺は目を丸くしてから笑って答えた。

「何を言ってるんだか。何年経《た》とうが、たとえ俺が死んでもお前が弟なのは変わらないだろ」

「そっか……そうなんだ」

どこかホッとしつつも、まだその表情は曇っていた。

なので、俺は思い切って自分から聞くことにする。

「海斗は遥香さんが苦手なの？」

「苦手……というより僕はあの人が嫌いだ。なんとなく父さん、あいつに似た感じがするから」

「父さんと？」

似てるかな？　あんまりピンとこないけど……

「あの人も仕事人間なんでしょ？　だからまた兄さんに負担をかけるかと思うと嫌なんだ」

なるほど、そんなことを気にしていたのか。でも、それは少し違うかもしれない。

「負担か……お前は、俺が嫌々お前の面倒を見ていたと思ってるのか？」

「そうじゃないけど……でも、僕は父さんを許せそうにない。多分一生。だから僕はあの人を認められない」

そう言ってから海斗は俺に視線を向けて聞いてきた。

「ねえ、兄さん。兄さんは本当にあの人のことが好きなの？」

「当たり前だろ」

「僕はわからないんだ。兄さんがあの人のどこに魅力を感じたのか。確かに教師としてはあの人は尊敬できそうな雰囲気はある。でも、自分の生徒に手を出すなんて危ないことする人間を僕は信用できない」

まあ、そういう風に取られても仕方ないか。でも……

「海斗。あの人は強い……けど、本当は凄く弱い人なんだ」

「強いのに弱い？」

「いつも頑張ってる凄い人なんだけど、自分の本心は滅多《めった》に人に見せないんだ。そんなあの人を俺は支えたいんだ」

「それで家族のことを蔑《ないがし》ろにする人でも？」

「そんな人だから俺は支えたいんだ。だって、楽しくてやってることを誰にも理解されないのは悲しいことだから。だから俺は自分の子供に寂《さび》しい思いをさせないように支えるんだ」

仕事が趣味なら、たまにこちらに意識を向けてくれるだけでいい。

俺は都合のいい存在でいい。

ただ、子供にも少なからず愛情を分けてほしい。

それだけでいいんだ。

俺の言葉にしばらく黙ってから、海斗はポツリと呟《つぶや》いた。

「本当に兄さんはどこまでもお人好しだよね」

「そうか？　俺はお前の優しさが嬉しいがな」

「そっか……そうだよね。兄さんはそういう人だ。だから僕は兄さんのことが好きなんだ」

「海斗？」

「兄さん、僕は兄さんの弟で幸せだよ。だから……あの人が兄さんに悲しい思いをさせるならすぐに別れさせる。それまでは見守っているよ」

「そっか、ありがとう」

そう言って頭を撫でると、海斗は少しだけ嬉しそうに笑ったのだった。

27 帰り道

「しかし……よく寝てるな」

「しー、千鶴《ちづる》ちゃん寝てるんですから」

俺の家で眠ってしまった千鶴ちゃんをおんぶして先生の家に向かっていると、先生が背中の千鶴ちゃんにちょっかいを出そうとする。

可愛いのはわかるが、起こすのは可哀想なので静かにしてほしい。

そう言うと先生は少しだけ頬《ほお》を膨《ふく》らましてから言った。

「ちーちゃんばっかりずるい」

「おんぶのことですか？　さすがに遥香《はるか》さんをおんぶするのは俺の理性が持つかわからないので勘弁してください」

「理性？」

主に母性的な部分が背中に当たるとよからぬことを思ってしまいそうなのですよ。

そう言うと先生はしばらくしてから納得したように頷《うなず》いた。

「ムラムラするのか？」

うん、もうすこしオブラートに包んでほしいけど……

「好きな人からのアプローチに何の反応もしないほど落ちてはいません」

「そっかー……好きなんだなぁ」

「あの、もしかして遥香さん酔ってますか？」

さっきから感じてた疑問を口にする。

歩き方や表情はいつも通りだけど要所要所がなんだか酔ってる気がするのだ。

なので、確認の意味も込めてそう聞くと、先生は笑いながら答えた。

「かもなー……さすがに飲み過ぎたかも」

「父さんが潰《つぶ》れなければそのまま朝までいってそうでしたもんね」

父さんが思った以上に飲んでたようで、結構早めに寝てしまったので本日はお開きとなった。

とはいえ、父さんのハイペースに付き合ってた先生にもそのツケが回ってきたようだ。

「でも意外です。遥香さんもう少しお酒に強いかと思ってました」

「あんまり人とは飲まないからなぁ……素《す》の部分が出るから」

「父さんとのお酒楽しかったですか？」

「ああ。でも、やっぱりお前との晩酌《ばんしゃく》が一番安心する」

そう笑顔で言われると照れるが……。

「無理して父さんに付き合わなくてもいいんですよ?」

「お義父《とう》さんには少しでも認めてもらわなきゃならないからな。それに無理はしてない」

「そうなんですか?」

「お前の家族は本当に変わってるよな。女装の父親にブラコンを拗《こじ》らせたような弟。まあその背景を知ったからこそ、余計に無理とは思わないな」

なんだかそう言われると、かなりカオスな家庭環境に思えるから不思議だ。

客観的に見れば少し変わってるのかもしれない。

でも、俺としては、どんな形であれ家族が元気で無事なら、それでいいと思うけどね。

そして、そんな俺を受け入れてくれる先生の優しさが何より嬉しかった。

そんなことを思っていると、先生は続けて言った。

「健斗《けんと》……私はな。あの二人をこれまで守ってきたお前を、今度は私が守りたいんだ」

「それは……俺の台詞《せりふ》ですよ」

正確には先生だけではない。

千鶴ちゃんも娘として守りたいのだ。

でも、それと同じくらいに……

「俺は、遥香さんのことを守りたいんです。遥香さんが抱《かか》えるものを知ったからこそそばにいたいんです」

「お前は変わってるよな」

そう笑う先生の表情はお酒のせいで赤かったが、とても無邪気で嬉しそうに見えた。

エピローグ

「ぱぱ、これなあに?」

「ん? ああ、結婚前の写真だね」

「けっこんまえ?」

「うん、パパとママと千鶴《ちづる》お姉ちゃんが、まだ本当の家族になる前の写真だよ」

「へー、じゃあ、さくらがかぞくになるまえのしゃしんもあるの?」

「ある意味、桜《さくら》を宿してなかったその時期の写真はそうとも言えるけど……その頃は、まだ千鶴お姉ちゃんもあんまりパパに懐《なつ》いてなくてね」

「うそだ! おねえちゃん、ぱぱにべったりだもん!」

「それと、ママも甘え下手《べた》だったね」

「ままが?」

「うん、まあ、そんなママがパパは大好きになってね、結婚して千鶴とママと本当の家族になれた時は本当に嬉しかったよ」

「じゃあ……さくらがうまれたのは?」

「嬉しいに決まってるでしょ。思わずパパも泣いちゃったよ」

「そっか、えへへ……」

「桜がパパとママと千鶴のもとに来てくれて本当に嬉しいんだよ。だから……ありがとう」

「ぱぱ……だいすき!」

「あ! 桜ったら、ズルい!」

「千鶴もおいで」

「うん!」

「私もいいよな?」

「もちろんだよ。おいで遥香《はるか》」


それは少し未来の話。やがて訪れる幸せの風だ。

あとがき

ハロー皆さん！　ごきげんよう！　書籍化ですよ！　わーい！　……取り乱しました。

改めてまして、皆様、初めまして。ｙｕｉ／サウスのサウスと申します。

この度は、本作を読んでいただいて、ありがとうございます。この、「進路希望調査に『主夫希望』と書いたら、担任のバツイチ子持ち教師に拾われた件」は、小説投稿サイトの「小説家になろう」にて現在も連載をしてる作品なのですが、この度、集英社ＷＥＢ小説大賞にて、奨励賞を受賞して書籍化する運びとなりました！

初の書籍化なんですが……いやー、夢見た書籍化にドキドキしてますが、本作は果たしてラブコメなんでしょうか？　ラブコメと位置付けるかには作者も迷っておりますが、それでもあえて言うなら、健斗《けんと》が嫁と娘とイチャイチャするだけの話でもあります（笑）。

さて、そんな本作のイラストレーターさんはまさかのなたーしゃ先生！　ダメ元での依頼がまさかのＯＫに今でもびっくりしております。だって、あのなたーしゃ先生ですよ！　カワイイ女の子の絵が最高すぎる神様に遥香《はるか》や千鶴《ちづる》を描いてもらえるなんて光栄すぎて、決まった時は思わずガッツポーズしてました。

恵《けい》のイラスト見ました？　イメージしてた以上に可愛くて、もう最高ですよね！　遥香も千鶴も可愛くて、イラストだけずっと眺めてニヤニヤしてしまいます。

きっと、書籍化が決まった時よりも、イラストレーターさんが、なたーしゃ先生に決まった時の方が喜んだと思いますが、なたーしゃ先生のイラスト目当てで買ってくれた人なら分かるはず！　いやー、ホントになたーしゃ先生、素敵なイラストありがとうございます！

さて、話は変わりますが、個人的には、子育て男子の純愛物語はもっと流行《はや》っていいと思うんです！　子育てラブコメ……うん、素晴らしいジャンルだ！　ヒロインは嫁だけでいいんです！　そして愛《いと》しの我が子がいれば……うん、完璧《かんぺき》すぎますね！

子育ては確かに大変ですけど、それに勝るくらい子供はカワイイ。働く女性が甘えてくるシチュも素晴らしいし、家事と育児は大変だけど、それに見合うくらいに主夫とは魅力的な職業だと思うんです。ヒモ？　自宅警備員？　ノンノン！　主夫はガチで家を守る存在であり、そして、癒《いや》し系の母性持ちの男子こそ、天職だと思います！

さて、熱く語りましたが、近況とか受賞の感想より生き生き書けてしまったことは担当さんには内緒で……（どうかご内密に（汗））

さて、そろそろ謝辞をば。

まず、担当編集様には、本当に色々とご迷惑をおかけしてしまいすみませんでした。作者の文章力&語彙力《ごいりょく》のない中で、色々と汲《く》んでいただいたお陰で発売まで辿《たど》り着きました。修正のための真っ赤な原稿は今でもたまに夢にみます（笑）。それでも、色々と忙しい中、一緒に考えてくださってありがとうございました。

イラストレーターのなたーしゃ先生、最高すぎるイラストをありがとうございました。感謝とファンとしてのコメントを書いたら多分文庫本一冊レベルになるのでここでは控えめにしておきますが、本当にありがとうございました！　健斗、遥香、千鶴、雅人《まさと》、恵、海斗《かいと》……キャラに魂を吹き込んでくれて、本当にありがとうございます！

そして、応援してくれた読者様にも感謝を。皆さんの応援がなければ、ここまでこれませんでした。励ましのコメントや、温かな感想、そして何故《なぜ》が要望が多かった大人向けの健斗と遥香の夜の事情なアフターストーリー（笑）。皆さん本当にありがとうございました。

続きが出るかはわかりませんが、連載版は老後まで書こうと思ってますので、興味があったら是非一度覗《のぞ》いて頂ければと思います。

ではでは、またどこかでお会い出来たら、温かく見守っていただけると幸いです。

読んでくださって本当に、ありがとうございました！

この作品の感想をお寄せください。

あて先　〒101-8050　東京都千代田区一ツ橋2-5-10
集英社　ダッシュエックス文庫編集部　気付
yui/サウスのサウス先生　なたーしゃ先生

ダッシュエックス文庫

進路希望調査に『主夫希望』と書いたら、担任のバツイチ子持ち教師に拾われた件

yui/サウスのサウス

2020年11月30日　第1刷発行

★定価はカバーに表示してあります

発行者　北畠輝幸
発行所　株式会社　集英社
〒101−8050　東京都千代田区一ツ橋2−5−10
03(3230)6229(編集)
03(3230)6393(販売／書店専用)　03(3230)6080(読者係)
印刷所　凸版印刷株式会社

ISBN978-4-08-631391-9 C0193